Lebensbilder - Traumbilder

Lebensbilder - Traumbilder

Adolf Richard Schild

Bibliografische Information der Deutschen Nationalbibliothek
Die Deutsche Nationalbibliothek verzeichnet diese Publikation in der Deutschen Nationalbibliografie;
detaillierte bibliografische Daten sind im Internet über http://dnb.d-nb.de abrufbar.

© 2012 Adolf Richard Schild
Umschlaggestaltung, Herstellung und Verlag: Books on Demand GmbH, Norderstedt
ISBN 978-3-8423-9113-0

Inhaltsverzeichnis

5

Dankbarkeit und mehr

Die zwei Wartenden auf der Bank an der Haltestelle hatten nicht Zeit zu einem Gespräch, denn der Bus würde bald eintreffen. Michael erfuhr von der betagten Frau lediglich, dass sie heute Besuch bekäme, von der Tochter aus dem Unterland. Diese werde gleich ankommen. Die alte Frau sagte das mit strahlender Freude, aber auch mit einem leichten Stocken und Zittern in der Stimme. Ihre gebeugte Haltung und das faltige Gesicht vermittelten Michael ein Bild von Gebrechlichkeit und liessen ihn ungewollt befürchten, der erhoffte Tochterbesuch sei vielleicht bloss ein Wunschtraum seiner Sitznachbarin und entbehre möglicherweise einer realen Grundlage. Michael empfand Bedauern und Neugier zugleich.

Die nachfolgenden Ereignisse bestärkten ihn zunächst in seiner Vermutung, belehrten ihn aber rasch eines Besseren.

Der Autobus fuhr auf die Haltestelle zu und hielt langsam am Strassenrand. Siehe da: jetzt erhob sich die betagte Frau überraschend behende. Noch bevor ihre Tochter ausgestiegen war, tat sie fünf, sechs Schritte zum Bus, wandte sich dann Richtung Michael um und äusserte mit einer kaum wahrnehmbaren Verbeugung, aber klarer, fester Stimme: „Dankeschön, liebe Bank"... um alsogleich, mit einem listigen, verschmitzten Lächeln, die naheliegende, obgleich unausgesprochene Frage des uneingeweihten Michael zu beantworten: „Wissen Sie, das hat mir die Pflegerin des Altersheims empfohlen... ich mache das jetzt immer

7

so... es sind dann eben zwei Fliegen auf einen Schlag... ich kann mich jeweils der Bank erkenntlich zeigen, die mich bequem warten lässt – und zudem bin ich sicher, nichts liegen gelassen zu haben..."

Die alte Frau drehte sich wieder zum Bus... sie verfügte offenkundig über intakte Geistesgaben und hatte erst noch einen wachen, listigen Schalk.

Die Tochter hatte unterdessen den Bus verlassen und ging freudig auf ihre Mutter zu.

Beeindruckt ob dieser verblüffenden Wendung – und leicht beschämt – bestieg Michael nach einem Abschiedsgruss den Bus.

Vorurteile

Die Strassen der kleinen Stadt quollen nahezu über an diesem Feiertag. Ein buntes, lärmiges Völklein sprudelte aus jeder Ecke und drängte nach allen Richtungen.

Michael war hier zufällig unterwegs. Er wollte nicht verweilen und sorgte sich bereits, ob er in dieser Menschenmasse ohne Ärger weiterkommen werde. „Da haben wir es...!", dachte er, „zu allem Gedränge machen sich auch noch punkige Jugendliche breit, in ihren dunklen Klamotten und mit schattenhaften Gesichtern; sie sind offenbar anderswo mit ihren Gedanken... in einem unbekannten, höllischen Universum... die Umwelt schnöde verachtend. – Deshalb lieber rasch weg von hier!"

Der liebe Gott, der unsichtbare, allmächtige Beobachter, musste die Szene verfolgt und die Gedanken von Michael besorgt gelesen haben. Denn die Ereignisse nahmen jetzt eine neue, unerwartete Wendung: der gläserne Behälter in Michaels Tragtasche fiel unversehens laut klirrend zu Boden und zerbrach in viele kleine Stücke.

„Und das auf öffentlichem Grund, inmitten der vielen Leute!" Scham befiel Michael, er bückte sich, den Schaden zu beheben und wenigstens die grösseren Glassplitter einzusammeln. Da – ein plötzlicher Schatten – eine helfende Hand – ein Punk hatte spontan seine Gruppe verlassen und bot, rasch sich bückend, mit freundlicher Stimme und offenem Lächeln, seine Hilfe an: „Warten Sie, ich helfe Ihnen doch…"

Gemeinsam waren die Scherben rasch aufgeräumt und eingepackt. Michael stammelte seinen Dank, grüsste kurz und ging seines Wegs – zwar fort von hier, aber in Gedanken bei dem Zeitgenossen, der das ungerechte Vorurteil einfühlsam und liebenswürdig widerlegt hatte… Und er dankte dem unsichtbaren, allmächtigen Beobachter, der alles so harmonisch-wohltuend eingerenkt und zurechtgerückt hatte.

Die Bergsonne strahlt hell und wärmend aus dem tiefblauen, wolkenlosen Engadiner Himmel.

Auf der offenen Terrasse eines Ausflugsrestaurants geniesst Michael seine kleine Mahlzeit. Sein Blick geht in die Runde, von keiner greifbaren Vorstellung begleitet, einfach so. Doch unversehens drängen huschende Gedanken: „Das Paar am Nachbartisch, sind das nicht die merkwürdigen zwei, die im gleichen Hotel untergebracht sind? Und die nicht nur seltsam, sondern – ja, wie soll man meinen - eigentlich recht gewöhnlich sind, jedenfalls ganz und gar nicht einnehmend… zum Glück sitze ich nicht am gleichen Tisch! Aber gleichwohl: dass ich ausgerechnet hier auf solche Leute treffen muss - das vermiest mir schon die Ausflugsfreude!"

Michael dreht sich diskret in die andere Richtung, mehr angedeutet als wirklich. Er ist nicht mehr unbeschwert und fühlt sich unversehens eingeengt. Er will jetzt lieber zahlen.

Die Bedienung eilt herbei und legt die Rechnung auf den Tisch. Michael greift nach seinem Portemonnaie... aber Donnerwetter, es ist nicht in der gewohnten Tasche, und auch die weitere hastige Suche bleibt ergebnislos. Michael ist zerknirscht. „Es muss im Hotel liegengeblieben sein. So eine Peinlichkeit!" In rasender Gedankenschnelle spielt er Varianten durch, wie Zechprellerei, Uhr deponieren, Kredit erbitten, usw. - Aber halt: er könnte doch ganz einfach auch den Tischnachbarn fragen, der wohnt ja schliesslich im gleichen Hotel, und möglicherweise hat er ihn ja auch schon erkannt.

Der erwünschte Retter muss die ganze Szene aufmerksam verfolgt haben, reimt sich Michael nachträglich zusammen. Denn schon erhebt er sich, ungefragt, umgänglich und verständnisvoll lächelnd. Er zückt sein Portemonnaie. „Ist doch kein Problem, hier meine Pannenhilfe, Sie können es mir dann am Abend zurückzahlen... wir wohnen ja am selben Ort!"

Michael nimmt die Hilfe gerne an, dankbar, aber auch betreten und beschämt. - „Nanu, das sind doch eigentlich ganz sympathische Leute!" - Er nimmt sich fest vor, auf unangebrachtes Nörgeln künftig zu verzichten, auf eingebildete Vorurteile ganz besonders.

Der Italiener

Die überraschende Nachricht traf frühmorgens in der Schweiz ein. Die Schwester berichtete aus Italien, dass ihr Bruder Camillo B. vergangene Nacht gestorben sei, unerwartet und plötzlich, an Herzversagen werde vermutet.

Camillos Tochter Selina - sie hatte den Anruf empfangen - war traurig, ihre Mutter Valeria F. betroffen. Valeria hatte Camillo vor vielen Jahren verlassen und war wieder in ihre Schweizer Heimat zurückgekehrt. Camillo und die ganze Italien-Erfahrung sollten vergessen werden.

Valeria F. wurde als älteste von drei Töchtern geboren und von ihrem Vater schonungslos streng erzogen. Den beiden Jüngeren erging es später besser, was Valeria natürlich kränkte. Sie meinte, etwas vorgespurt zu haben, das ihre Schwestern weder bemerkten noch anerkannten.

Mit 15 wurde sie für drei Jahre in ein strenges katholisches Mädchenpensionat im Wallis gesteckt. Für die junge Protestantin eine unlustige Erfahrung, welche ihr Lebensbild und ihre Gefühlswelt prägte und ihre fröhliche Unbeschwertheit, ihr natürliches Sehnen nach Lebensgenuss und ihre spontane Offenheit zuschütteten. Sie lernte geschicktes Auftreten und tadelloses Verhalten in besserer Gesellschaft und legte sich unversehens einen Panzer von angepasster, gelegentlich kalkulierter Freundlichkeit zu, eine Art Rollenkleid für wirksame gesellschaftliche Fassadenpflege. Die Beziehung zu ihrem Vater blieb belastet und damit auch diejenige zu späteren männlichen Partnern.

Nach dem Internat erwarb sie in einer kaufmännischen Lehre das Rüstzeug für die wirtschaftliche Praxis und den Umgang mit Geld. Ein wacher Geist und die Internatserfahrung befähigten sie, unterkühlt und beharrlich persönliche und geschäftliche Ziele zu verfolgen. Das Materielle blieb merkwürdig ambivalent, einerseits zwar wichtig und erstrebenswert, andererseits aber wohltuend zweitrangig. Valeria kleidete sich diskret elegant und hob sich damit von ihren Schwestern, ja von ihrer ganzen Familie, auf eine unverkennbare Weise ab.

Um den Zwängen ihres Elternhauses zu entfliehen, meldete sie sich auf ein Stellenangebot aus Mailand. Und damit trat Camillo, der Italiener, in ihr Leben.

Wer war Camillo?

Er entstammte altem toskanischem Adel, war einziger männlicher Nachkomme und sollte dem riesigen Landgut in der Toskana zu neuer Blüte verhelfen. Er hatte zwar eine Ader für die Landwirtschaft, spielte aber lieber Violine als den allwissenden Patron und zog philosophische Gespräche mit seinen klerikalen Freunden der harten Geschäftswelt vor. Er fühlte sich unbehaglich in den weltlichen Realitäten und entfloh ihnen in eine Geistigkeit, die ihm sein Vater vorgelebt hatte: dieser erfreute, sehr zum Missfallen des Clans, die Leute als Wandergeiger. Vater und Sohn verachteten Formenzwang und blieben Einzelgänger und Aussenseiter.

Camillo gründete in Mailand seine eigene kleine Handelsfirma. So brach er aus der Tradition des Adelsclans aus und verteidigte einen gewissen Freiraum in einer Familie, welche Ueberlieferungen hochhielt und deren Töchter sich „principessa" nannten.

Camillo suchte für sein Unternehmen eine sprachenkundige Mitarbeiterin, die telefonisch und brieflich die ausländische Kundschaft betreuen und die Teilnahme an Messen in verschiedenen Ländern organisieren sollte. So begegnete er Valeria.

Zwischen Patron Camillo und der jungen, hübschen Valeria keimte eine Beziehung auf, in der die emotionalen Wogen von Anfang an stürmisch gingen: einträchtige Zweisamkeit wechselte laufend ab mit weit auseinander klaffenden Ansichten. Zur Verblüffung aller entstand daraus dennoch bald eine Hausgemeinschaft. Camillo mochte zwar nicht auf seine liebgewonnenen Gewohnheiten (unter Einschluss breitgefächerter Damen-Liaisons) verzichten, was Valeria natürlich verletzte. Hinzu kam der Argwohn des blaublütigen Familienclans. Der wirkte wie feine, andauernde Nadelstiche, kalt und schonungslos. Nur gerade eine Schwester Camillos äusserte gegenüber Valeria diskret etwas verständnisvolle Wärme.

Valeria fühlte sich unbehaglich in dieser Verbindung, die bald zur blossen Wohngemeinschaft verkam. Sie beabsichtigte, wieder in die Schweiz zurückzukehren.

Camillo, mit den Allüren eines auf die 50 zugehenden Junggesellen, war nie eine feste Bindung eingegangen. Die Zuneigung zu Valeria ging offenbar tiefer, und er strengte sich an, Valeria wieder für sich einzunehmen. Er machte hartnäckig seine ernstgemeinten Gefühle geltend und wünschte neu zu beginnen. Während eines gemeinsamen Urlaubs könne ihre Beziehung in Ruhe besprochen werden. Hin- und hergerissen zwischen widerstrebenden Empfindungen hatte Valeria schliesslich einem verlängerten Wochenende zugestimmt.

Die Luft im Hotelzimmer schien Valeria stickig und schwer und machte es ihr unmöglich, die Gedanken zu ordnen. Wieder einmal - ohne es zu wollen - war sie in eine Situation geraten, die sie eigentlich unbedingt hatte vermeiden wollen: die Nacht mit Camillo führte zu einer Schwangerschaft, aus der die Tochter Selina hervorgehen sollte.

Valeria wandte sich fortan noch stärker von Camillo ab. Camillo hingegen empfand ambitiöse Clan-Gefühle: das Geschenk einer Tochter im vorgerückten Alter weckte nicht nur Vaterstolz, sondern auch dynastische Gefühle von Kontinuität in seiner alten Adelsfamilie.

Valeria beurteilte nüchtern ihre Situation. Ihre Ambivalenz liess sie weiterhin routiniert ihres Amtes in der Firma und am häuslichen Herd walten. Damit befriedigte sie wenigstens äusserlich die formenbedachte italienische (und wohl auch die schweizerische) Verwandtschaft. Vielleicht war Valeria halt doch ein wenig stolz, mit der vornehmen Welt von Camillo verbunden zu sein.

Für Camillo stand seine patriarchalisch verstandene Vaterrolle im Vordergrund, hier wurde er konkret und fordernd. Valeria ihrerseits wahrte den Abstand und durchkreuzte nüchtern und geschickt die dynastischen Absichten Camillos, und zwar in dreifacher Weise: das Kind sollte nicht Camillos, sondern Valerias Namen tragen; es sollte zudem im Schweizer Bürgerrecht stehen; und im übrigen würde die Geburt in der Schweiz stattfinden – alles der stolzen Italianità Camillos diametral entgegengesetzt.

Die Spannung stieg.

Camillo war zutiefst erzürnt und enttäuscht, der Adelsclan tobte und tadelte, alle schmollten und rügten. Valeria setzte sich durch. Das Kind kam als Selina F. in Lugano zur Welt und war Schweizerin; in den Papieren wurden die Schweizer Mutter und der italienische Vater knapp und trocken eingetragen.

Camillo und Valeria pflegten gemeinsam mit Selina weiterhin die Formen der eingespurten Wohngemeinschaft. Valerias Ziele, bislang recht verschwommen, gewannen dank Selina an Kontur und wurden unwiderruflich klar: Selina würde die Schulen in der Schweiz besuchen und mit ihrer Mutter Italien verlassen. Also ging es nur noch darum, sechs Jahre eines leidigen Zusammenlebens geduldig zu überstehen.

Camillos Tagesablauf änderte sich kaum. Er blieb seinen Gewohnheiten treu und war der Dauerkritik seines Clans ausgesetzt. Valeria markierte diszipliniert die sorgende Mutter und, mit steifer Oberlippe, die keusche Partnerin. Valerias Schweizer Eltern blieben in Wartestellung, die Mutter mit lauem Verständnis, der Vater mit grimmigem Groll, die Schwestern gespannt und verständnislos abwartend.

In dieser Übergangszeit liess Camillo nichts unversucht, um seine patriarchalischen Interessen durchzusetzen. Er mobilisierte das ganze Gewicht seiner Italianità, seines Clans und des dahinter stehenden Reigens von illustren Namen und willfährigen Anwälten. Er drohte mit Gerichtsverfahren, ja mit Entführung. - Valeria ihrerseits steuerte unbeirrt, von der kleinen Selina Kraft schöpfend, aber sich zusehends verhärtend, ihren Kurs. Um keinen Preis würde sie Selina hergeben, unter allen Umständen diesen Verlust vermeiden, der ihre Lebenskraft schwächen würde.

Nach sechs Jahren übersiedelte Valeria wie geplant mit Tochter Selina in die Schweiz. Valeria fand dank Erfahrung und Kenntnissen eine gute Arbeitsstelle, Selina trat in die Schule ein. Valerias Eltern verfolgten das zustimmend und blieben eifrige Mitsänger im Chor der Camillo-Kritiker: zu ihrem Leidwesen hatte Valeria Unterhaltsbeiträge seitens Camillo mehrfach kühl refüsiert.

Camillos Drohaktionen wurden intensiver, blieben aber ohne greifbares Ergebnis. Bei seltenen Besuchen in der Schweiz begegnete er Selina nie allein, sondern immer in der vorsorglichen Gegenwart der

Mutter – und nur für kurze Augenblicke. Valeria war dauernd auf der Hut.

Camillo stellte es ungeschickt an, Selina für seine väterlichen Gefühle einzunehmen. Er versuchte wiederholt - bei meist unpassenden Gelegeneiten - sich aus der fernen Toskana in die Erziehung einzumischen. Wenn er sich gar nach dem gebotenen sonntäglichen Kirchgang erkundigte und nachfragte, ob Selina auch regelmässig die Beichte ablege, glaubte Selina erschreckt, eine erhobene Augenbraue zu sehen und stellte als Protestantin die Nackenhaare auf; die Mutter erlebte das ähnlich und äusserte sich solidarisch mit Selina.

Die seltsame Verbindung überdauerte die Jahre. Valeria gab vor, Camillo zu verachten und konsequent zu meiden. Sie tat alles, um Selina vor den Vaterkontakten abzuschirmen. Indes blieben beide Camillo treu, Valeria in ihrem fortwährenden Partnergroll, Selina in ihrer Zuneigung zum fernen Vater.

Würde der unerwartete Tod Camillos daran etwas ändern?

Camillo war gesund auf die 70 zugegangen, nichts liess ein so rasches Ende erahnen. Er sei abends nach einem nachbarlichen Besuch beim befreundeten Priester auf sein toskanisches Landgut zurückgekehrt und habe sich früh zur Ruhe gelegt. Einbrecher hätten zu später Stunde das Landgut heimgesucht und seien bis zu den Wohnräumen des allein lebenden Camillo vorgedrungen. Camillos Herz habe den Ueberfall nicht verkraftet und seinen Dienst versagt.

Selina tat sich schwer mit dieser neuen Situation. In all den Jahren hatte sie ihren Vater nur selten gesehen, aber nie vergessen. Sie würde ja so gerne mehr von ihm erfahren. Als mittlerweile fast Volljährige konnte sie zwar akzeptieren, dass ihre Mutter mit Camillo nichts mehr zu tun haben wollte. Immer wieder hatte sie sich die Vorwürfe ihrer Mutter anhören müssen. Für diese mochte das ja zutreffen, aber für sie selbst? Vielleicht wollte die Mutter ihr ja den Vater vorenthalten und Selina egoistisch für sich allein beanspruchen…?

Selina hatte seit frühester Kindheit den Wunsch in sich verspürt, irgendwann von der Schweiz nach Italien zu gehen, in die Heimat ihres Vaters. Jetzt war es auf einmal zu spät, ihn besser kennen zu lernen und sich ein eigenes Bild von ihm zu machen. Selina war tief traurig und äusserte immer wieder: „Er war halt doch mein Vater…". Ihre Gefühle wurden durcheinander geschüttelt. Sie war verzweifelt. Nach und nach wurde ihr schmerzlich bewusst, dass sie unwiderruflich in einen neuen Lebensabschnitt eingetreten war.

Mutter Valeria verbarg auch in dieser neuen Lage routiniert ihre eigenen Gefühle. Zwar äusserte sie ihre gewohnte Dauerkritik an Camillo durch die tragischen Ereignisse etwas gemildert. Aber zu einem verzeihenden Versöhnungswillen konnte sie sich nicht aufraffen. Selina hätte das gewiss geholfen, und so lasteten die Spannungen und emotionalen Knoten weiter auf ihr…

Valeria hatte sich so an die vater- und männerlose Gemeinschaft mit Selina gewöhnt, dass sie trotzig daran festhielt und jegliche Partnerschaft mied. Die Erinnerung an Camillo war zurechtgestutzt worden, reduziert auf wenige punktuelle Umstände: Kennenlernen, Spannungen, Schwangerschaft, seltsame und aristokratisch degenerierte Familie. Das solchermassen arrangierte Gedenken war gleichwohl von nachhallender Kraft geblieben. Gerade das aristokratisch-wohlhabende Ambiente der Familie, das auch auf die Wohngemeinschaft mit Camillo abgestrahlt hatte, beschwor bei den beiden Frauen über die Jahre immer wieder nostalgisch-verklärte Bilder herauf.

Auf diese Weise war Camillo die ganze Zeit über merkwürdig präsent geblieben. Er füllte die Gedanken von Mutter und Tochter Selina mehr aus, als diese sich eingestehen mochten. Das Bild Camillos wurde zunehmend verzerrt durch die arrangierten Erinnerungen. Für Selina war er der ferne Vater, den sie mit wachsender Intensität zu spüren begehrte; für Valeria verkam er zum Mann, dessen Wege sie vor langer Zeit gekreuzt hatte und der seltsam unfallartig zum Vater Selinas geworden war. Die wirklichen Bilder blieben verdrängt, die tatsächlichen Gegebenheiten filtriert – und damit die spontanen Gefühle eingefroren.

Es war Valeria und Selina leider nicht möglich, der Beerdigung Camillos beizuwohnen. Das weckte bald in beiden Frauen den Wunsch, das damalige Umfeld vor Ort bald wieder einmal anzuschauen. Sie begaben sich auf die Reise. Aber oh weh, das erwies sich als enttäuschender Fehlschlag. Die langjährig in Gedanken gepflegten Schönheiten des seinerzeitigen Wohnviertels in Mailand, wie auch die erinnerte

Pracht des toskanischen Landgutes liessen sich mit der vorgefundenen Realität überhaupt nicht vereinbaren – beide Frauen waren irritiert und ernüchtert, aufgeschreckt aus einer Traumwelt, die in ihnen zäh weitergelebt hatte... und auch fortan weiterbestehen würde.

Valeria erlebte berufliche Anerkennung und mütterliche Befriedigung über die Entwicklung von Selina, das tat gut. Das Vater- und Männerbild der zwei Frauen wurde in den folgenden Jahren zusehends deckungsgleich. Man lebte gleichsam im Frauenhaus, alles ging wunderbar ohne Männer.

Valeria konzentrierte sich darauf, Selinas Leben ordentlich zu regeln. Sie entschied abschliessend, was für Selina bekömmlich und was nicht zuträglich war. Sie schöpfte daraus ja auch Kraft für sich selbst. Selina mag das zuweilen als einengend empfunden haben. Äusserlich nahm indes alles seinen gewohnten Gang. Ein unsichtbarer Beobachter hätte sich gewundert über das verwöhnte Verhalten Selinas und ihre krasse Gewichtszunahme, sowie über die wachsende Nikotinsucht Valerias; vielleicht wäre ihm auch die recht farb- und anspruchslose Routine des Frauenhauses aufgefallen, dessen Blick nach aussen auf banales Tagesgeschehen beschränkt blieb – die Frauen klammerten sich möglicherweise desillusioniert an etwas unkompliziert Greifbares und trachteten panisch danach, weitere „Unfälle" zu vermeiden. Selina erwarb in diesem Umfeld einen Hauch von Prinzessinnen-Aura... einen Abklatsch ihrer adligen Abstammung.

Valeria blieb auch beim plötzlichen und unerwarteten Hinschied ihres eigenen Vaters gefasst und stramm. Sie beharrte, erneut im Widerstreit heftiger Gefühle, auf überdeutlich manifestierter Trauer; gleichzeitig wurden die leidvollen Erinnerungen an die Mädchenzeit peinlich-sorgsam weiter gepflegt.

Selina lernte die Männerwelt in der Schule kennen, und es gab die eine oder andere Freundschaft, schwärmerisch und von kurzer Dauer. Valeria, auch über 40 eine immer noch attraktive Frau, verliebte sich in einen Mann, dem diese Zuwendung willkommen und bedeutsam war. Er suchte in der Beziehung wider alle Ratschläge von Freunden einen Neuanfang, ein Ausbrechen aus einer belasteten familiären Situation. Dieses Ausbrechen wirkte im Moment wohl befreiend, trübte aber halt doch den Blick auf die Wirklichkeit und war auf die Dauer nicht tragfähig.

Nach verheissungsvollem Beginn wurde beider Lebenserfahrung mehr und mehr zur Bürde in der Gemeinsamkeit. Die Gefühlswelten konnten nicht offen besprochen werden. Ihm war die nahezu nonnenhafte frauliche Verschlossenheit Valerias und die zementierte Mutter-Tochter-Beziehung mehr und mehr zuwider. Sie sehnte sich nach der langjährig erprobten und bewährten Ambiance des Frauenhauses. Sie sprach allerdings ihm gegenüber von der grossen Liebe ihres Lebens, was er wiederum nicht mit dem tatsächlichen Verhalten in Einklang bringen konnte. Die Beziehung erkaltete und erstarb, nicht ohne den sarkastisch-resignierten Kommentar Valerias, sie erlebe es als Novum, dass nicht sie, sondern der Partner die Beziehung beende…

Camillo schaute vielleicht aus der Anderswelt zu…, mit einem weinenden Auge, weil er erfolglos nichts anderes als eine reguläre, vom Clan geduldete Gemeinschaft mit seiner ihm spät geschenkten Tochter ersehnt hatte…, mit einem lachenden Auge, weil sein ansehnliches Legat von Selina dankbar und sorgsam aufgenommen wurde… - … und weil er sich aller irdischen Ansprüche und Einengungen endlich enthoben wusste.

Das Frauenhaus lebte weiter.

Valeria als massgebende Bezugsperson würde ihre Tochter früher oder später freigeben und allein einen Weg finden, der sie hoffentlich vor zusätzlicher Verhärtung und Bitterkeit verschont.

Selina würde dank Berufstätigkeit selbständiger werden und - wer weiss - irgendwann eine bereichernde Partnerschaft erleben.

Camillo wird gewiss geduldig auf seinem Beobachtungsposten verharren und sich darauf freuen, Selina irgendwann wiederzusehen.

Einsiedler, Bischof, Heiliger

Pfeilschnell stürzte der Bär aus dem Unterholz. Er hatte sich Zeit genommen, die langsam näherkommende Beute ruhig und wachsam zu beobachten. Ein gewaltiger Sprung, ein paar blitzgeschwinde Schritte, ein kräftiger Biss... das Pferd war tot, der Reiter fiel auf den Waldboden.

Der Reiter Korbinian war ein gelassener, ruhiger Mann, der auch in dieser kritischen Situation achtsam reagierte und an dem wilden Tier nicht eine unangemessene Vergeltung üben wollte. Er hatte zwar sein prächtiges Pferd verloren, was ihm als Pferdekenner und -liebhaber natürlich Kummer bereitete. Seine Begleiter konnten das gut verstehen, waren sie doch alle nicht mit wertvollen Pferden, sondern mit geduldigen Eseln unterwegs, dem damals - im frühen 8. Jahrhundert - üblichen und bewährten Reit- und Lasttier.

Getreu seiner Wesensart sprach Korbinian dem Bären eindringlich ins Gewissen. Er schlug ihm einen Handel vor: er müsse ihm versprechen, nie mehr arglose Reisende anzugreifen und wertvolle Pferde zu töten; er könne Abbitte leisten, indem er die kleine Gruppe auf der weiteren Reise begleite und die Lasten trage, die man jetzt dem Esel abnehmen müsse, auf dem er, Korbinian, fortan reiten werde. Der Bär fügte sich dem machtvollen Geist seines Mahners und hatte - die Legende sagt: ganz ohne Groll - ein Einsehen.

So geschah es, dass der Bär sich willig in die Kolonne einreihte und den weiteren Weg ohne Murren unter die Füsse nahm. Und dieser Weg war noch weit, denn der Vorfall hatte sich in Mittenwald, am Oberlauf der Isar, zugetragen, und Rom war das ferne Ziel der Reise. Der Bär hielt sein Versprechen, erlangte in Rom die Freiheit wieder und trollte sich.

Die Geschichte mehrte den Ruhm von Korbinian dergestalt, dass er bis heute gerne in der Szene mit dem Bären abgebildet wird.

Korbinian war vordem im früheren Gallien, dem nunmehrigen Frankenland, ein weitherum bekannter Einsiedler gewesen. Schon als junger Mann hatte er sich dem religiösen Leben zugewandt. Im Lauf der Zeit zog er sich mehr und mehr zurück und verzichtete auf jeden persönlichen Besitz. Mit 22 Jahren baute er neben dem Elternhaus eine Zelle und lebte fortan als Einsiedler und Asket. Seine integre Persönlichkeit, sein kraftvoller Geist, sein wirksamer Rat und sein Ruf als Seher wurden bald weitherum legendär, in allen Schichten der Gesellschaft, bei Gottsuchenden und Pilgern.

Korbinians Mutter, Corbiniana, war eine Irin keltischer Abstammung; der Vater, Waltekis (auch Waldekiso genannt), ein Abkömmling aus fränkischem Adel, starb kurz vor des Sohnes Geburt. Die Familie lebte in der Gegend von Chartres/Melun im heutigen Frankreich und war angesehen und wohlhabend.

Korbinian wurde um das Jahr 680 geboren. Es darf angenommen werden, dass er durch die irisch-keltische Geisteswelt der Mutter geprägt wurde, zumal es ihm versagt blieb, in der Familiengemeinschaft die väterlich-männliche Autorität kennenzulernen.

Korbinian vertrat ein Christentum, das nicht römisch, sondern irisch geprägt war und seine Wurzeln in der keltischen Welt hatte. Der Gegensatz zwischen dem irisch-keltischen Christentum und der römischen Ausprägung wurde in der frühen Christenwelt bald manifest und führte zu heftigen Auseinandersetzungen. Durch die Jahrhunderte setzte sich die römische Kirche dank erstarkendem Machtapparat mehr und mehr durch. Dabei wurden viele frühchristliche Wahrheiten geopfert, und manche prominente Vertreter der irisch-keltischen Seite kamen chancenlos zu einem leidvollen, brutalen Ende (so u.a. Pelagius, 360-420, und Columban von Luxeuil / der Jüngere, 540-615).

Die römische Auffassung beanspruchte wohl ungefähr ab dem Jahr 1'000 die uneingeschränkte christliche Vorherrschaft. Es mag deshalb für Korbinian noch möglich gewesen sein, konfliktfrei seine eigenen Auffassungen zu vertreten.

Der frühe Lebensweg von Korbinian war charakteristisch für einen Gelehrten in der keltischen Tradition: weise, vorbildlich, schlagfertig, verständnisvoll, den Freuden und Leiden der Menschen zugewandt. In der vorangegangenen Keltenzeit wäre er gewiss ein Druide gewesen. Die damaligen Druiden waren erfrischend eigenständige Persönlichkeiten, die in hohem Ansehen standen und respektvoll geachtet wurden.
Ausgestattet mit solchen Eigenschaften und Gaben wuchs Korbinian wie selbstverständlich in die Rolle eines Heiligen, eines Menschen, der ganz, der unver-

sehrt ist und der die Grenze zwischen menschlicher und göttlicher Welt überschreiten kann. Wie alle damaligen Heiligen brauchte Korbinian keine Heiligsprechung, um diesen Status zu erlangen (die erste formelle, päpstliche Heiligsprechung erfolgte erst im Jahre 993).

Korbinian, dem das Einsiedlerdasein viel bedeutete, begann die Stille nachgerade zu vermissen, die durch die vielen Bittsteller zusehends verloren ging. Die behutsame Auseinandersetzung mit der eigenen Existenz und mit den Mächten der Schöpfung drohte mehr und mehr vernachlässigt zu werden.

In dieser Notlage beabsichtigte er, wie manche seiner Zeitgenossen, eine Pilgerreise nach Rom anzutreten, an kompetenter Stelle Rat und höhere Weisungen einzuholen und dem dortigen Patriarchen seine Sorgen anzuvertrauen. Man schrieb das Jahr 710, und Korbinian dürfte etwa 30 Jahre alt gewesen sein.

Er musste feststellen, dass der römische Bischof nicht eigentlich auf seine Sorgen eintrat und ihm menschlich keine Hilfe war. Er schien vielmehr die grosse Strahlungskraft von Korbinians bisherigem Wirken abzuwägen und zu überlegen, wie er ihn fürderhin zur Mehrung des Wohls der römischen Kirche einsetzen könnte. Er weihte ihn zum Priester und Bischof, verbunden mit dem Auftrag, das Einsiedlerdasein aufzugeben und Missionsarbeit zu leisten... eine wohl selbst für Korbinian erstaunliche, jedenfalls unerwartete Berufung, wenn man dessen vorgängiges Wirken und sein ureigenstes Anliegen berücksichtigt.

Die Ernennungen zum Priester und Missionsbischof waren gewiss ehrenvoll. Ob sie aber Korbinians Seelenfrieden wieder herstellen konnten? Ob sie dem Wesen und den Möglichkeiten des asketischen Einsiedlers angemessen waren? – Korbinian ging jedenfalls gar nicht beruhigt von dannen. Er kehrte schweren Herzens in seine gallische Heimat zurück, setzte sich aber auftragsgemäss ein.

Da ereilte ihn der Ruf des Bayernherzogs Theodo, der von seinem Wirken und dem römischen Ansinnen gehört hatte. Er wünschte, Korbinian möge doch in seinem Herr-schaftsgebiet missionarisch tätig werden. Korbinian, dessen Leben jetzt ohnehin eine gänzlich neue Wende genommen hatte, folgte dem Ruf und bekehrte von Gallien aus, unterstützt durch Herzog Theodo, die Menschen in Bayern, in der Schweiz und in Norditalien.

Korbinian dürfte indes keine innere Ruhe gefunden haben. Nach Ablauf von 4 Jahren empfand er das Bedürfnis nach einer 2. Romreise. Vielleicht fühlte er mit zunehmender Deutlichkeit, dass es ihm immer schwer fallen würde, die eigenen Bedürfnisse und Anliegen durchzusetzen. Er neigte dazu, sich einer väterlichen Autorität unterzuordnen, wenn das auch für die Entfaltung seiner natürlichen Anlagen nachteilig sein mochte.

Vielleicht hat Korbinian die öffentlichen Auftritte mit schmucken Pferden und viel Gepränge trotz allem geliebt? Denn eine Quelle nennt sein Vergnügen an edlen Pferden, an stattlichem Aufzug mit Gefolge und an kulinarischen Genüssen… - Oder ist das vorgängige Eremitendasein blosse Legende, wie auch behauptet wird...?

Die 2. Romreise fand im Jahre 714 statt, und Korbinian war jetzt etwa Mitte 30. Der Weg führte durch Bayern, und Herzog Theodo nahm die Gelegenheit wahr, Korbinian fester an sein Hoheitsgebiet zu binden und ihn gar zum Bleiben zu ermuntern. Korbinian vertröstete Theodo und zog weiter nach Rom. Bei Mittenwald ereignete sich der legendäre Zwischenfall mit dem Bären.

Der römische Bischof, dem die Reise galt, war bestens vertraut mit der Persönlichkeit und dem segensreichen christlichen Wirken von Korbinian. Er wollte sich unbedingt weiter der treuen Gefolgschaft eines solchen Mannes versichern und ermächtigte ihn, in Kains bei Meran ein Kloster zu gründen (Kains = heute Kuens, ital. Caines). Der Gottesmann beherzigte die Vollmacht, errichtete das Kloster und liess sich vorderhand hier nieder. Seine Wohnung soll sich auf dem etwa 30 Minuten von der jetzigen Pfarrkirche entfernten Luitpranthof befunden haben, der heute noch diesen Namen führt (der Langobardenkönig Luitprant habe Korbinian die Zelle bauen lassen); eine weitere Legende schreibt Korbinian den Beginn des Weinbaus bei Kains zu.

Nach einer Zeit der Besinnung im Kloster Kains kam Korbinian den Wünschen von Theodo nach und übersiedelte nach Freising. Im Sinne der römischen und herzoglichen Mandate entfaltete er eine segensreiche Tätigkeit, deren Auswirkungen in Bayern bis zum heutigen Tag lebendig sind. Er weihte eine Kirche dem heiligen Stephan. Er stand dem neu errichteten Bistum Freising vor, wobei vielleicht bezeichnend ist, dass Rom die Vorbereitungsarbeiten und die formelle Strukturierung des Bistums nicht dem ehemaligen Einsiedler Korbinian, sondern dem erfahrenen Sendboten Bonifatius (672/675-754/755) anvertraut hatte. Der gewiefte Bonifatius verstand es vortrefflich, seine Missionsanliegen mit den Interessen der weltlichen Mächte abzustimmen.

Korbinian gilt mit Wirkung ab dem Jahre 720 als der erste Bischof von Freising.

Korbinian pflegte auch mit Theodos Nachfolger, dem Herzog Grimoald, ein gutes Einvernehmen, das allerdings mehr und mehr belastet wurde und ein Ende fand, als Grimoald die Witwe Pilitrud (auch Plektrudis genannt) seines verstorbenen Bruders zu heiraten beabsichtigte, was Korbinian schwer und unwiderruflich tadelte. Grimoald liess sich endlich umstimmen und gab seine Heiratspläne auf... sehr zum Missfallen von Pilitrud, die ihr unerwartetes Geschick Korbinian anlastete und diesen fortan nicht nur mit Hass und Kritik überhäufte, sondern ihm auch nach dem Leben trachtete.

Der friedfertige Korbinian zog es vor, dieses gewalttätige Umfeld zu verlassen und suchte ein weiteres Mal die Abgeschiedenheit seines Klosters in Kains.

Grimoald wurde 725 von Karl Martell (688/689-741, Grossvater Karls des Grossen) besiegt, Pilitrud gefangen genommen und nach dem Frankenreich abgeführt.

Der Nachfolger des kurz danach ermordeten Grimoald, der Herzog Hugibert, setzte alles daran, dass
Korbinian sein beschauliches Dasein erneut abbrach
und Kains verliess. Er war erfolgreich, und Korbinian
traf im Jahre 725 wiederum in Freising ein, begeistert
begrüsst vom Volk, das ihn nie hatte vergessen können und mit dem er gewiss sehr verbunden war.

Vielleicht hat ein wechselvolles Schicksal, namentlich
das möglicherweise ungewollte Wirken auf der Bühne
der Öffentlichkeit, einen Riss in des Einsiedlers Seele
verur-sacht. Jedenfalls neigte sich die irdische Lebensbahn Korbinians rasch ihrem Ende zu. Etwa 3
Jahre danach, vermutlich um 728, mit 48 Jahren,
starb Korbinian aus nicht bekannter Ursache, wohl
überraschend, da er von kräftiger Natur war und sich
noch kurz vorher grösseren Anstrengungen gewach-
sen zeigte. Würdevoll soll er dem Ende entgegen gegangen sein, berichtet die Ueberlieferung: er badete,
liess sich Haar und Bart ordnen, genoss in voller Kleidung das Abendmahl, verlangte noch etwas Wein,
kostete ihn, machte das Zeichen des Kreuzes und
verschied.

Die Bestattung erfolgte auf seinen ausdrücklichen
Wunsch in Kains. Im Jahre 765 wurde er dessen ungeachtet nach Freising umgebettet, wo seine sterbli-
chen Überreste bis heute ihre endgültige Ruhe haben.

Ein nicht sehr langes, aber enorm wirkungsvolles Leben war damit abgeschlossen. Korbinians Verehrung
im Volke blieb nachhaltig, durch alle Jahrhunderte bis
in die Gegenwart. Im Raume Mittenwald findet man
neben einer Berghütte, die seinen Namen trägt, zahl-

reiche Fresken, die ihn in der Bärenszene darstellen. Knaben werden gerne auf seinen Namen getauft. Die römisch-katholische Kirche führt ihn als wichtigen Heiligen.

Korbinian wird auch mit einem Quellwunder in Verbindung gebracht: ein Stoss seines Bischofsstabes soll vor Zeugen eine Quelle zum Fliessen gebracht haben. In der Stiftsgalerie von Reichersberg (Oberösterreich) befindet sich ein von ca. 1490 stammender Altarflügel mit dieser Darstellung.

Es ist wohltuend, die Persönlichkeit der frühchristlichen irischen Heiligen wahrzunehmen, die der Tradition der keltischen Druiden folgten und deren Vorbild wohl für Korbinian prägend war. Das Verhältnis dieser frühen Heiligen zum Universum war druidisch: in der Natur, in der Schöpfung offenbart sich der Schöpfer. Dementsprechend erkennen und respektieren sie Tiere als Träger der göttlichen Kräfte und pflegen mit ihnen einen selbstverständlichen Gedankenaustausch; die Tiere ihrerseits nehmen wie auch die Menschen feinfühlig den besonderen Status eines Heiligen wahr. - Der Dialog von Korbinian mit dem Bären von Mittenwald darf in diesen Zusammenhang eingeordnet werden.

Es muss offen bleiben, wie stark Korbinian zu Lebzeiten den Konflikten zwischen seinem angestammten (irisch-keltischen) Christentum und der römischen Auffassung ausgesetzt war. Vielleicht war die gegenseitige Abgrenzung noch nicht so militant, vielleicht vermochte das integre und unerschütterliche Wesen von Korbinian manchen Vorstoss der Römer ins Leere zu führen, vielleicht war der Einsiedler am wahren Wesen des Christentums ganz einfach mehr interessiert als an den fordernden, irdisch-weltlich geprägten Dogmen, die von Rom nachdrücklich propagiert wurden und mehr und mehr zutage traten.

Wie dem auch sei, bemerkenswert und charakteristisch ist, wie aalglatt eine irisch-christliche Persönlichkeit vom Format eines Korbinian schliesslich als römisch-christlicher Heiliger vereinnahmt wurde.

Das nahe Grauen

Das Fachwissen des Sprengstoff-Experten und Brandfahnders war weitherum bekannt und international gefragt. In seiner Funktion als Polizeichef beim Dezernat „Brände und Explosionen" hatte ihn der internationale Gerichtshof diesmal berufen, Beweise für die vermuteten Kriegsverbrechen im Kosovo zu sichern.

Der Krieg war gerade mal zwei Tage vorbei, als der Experte im Kosovo eintraf. Die Spannung war immer noch mit Händen zu greifen, unablässig ertönten Schüsse, vibrierte die Luft, erzitterte die Erde. Der Experte war auf solche Gefahren vorbereitet, aber es gab manches, das ihn gleichwohl überwältigte und - wie viel später dem Vortrag vor gespannten Schweizer Zuhörern zu entnehmen war - sein Leben veränderte.

Die Arbeit war vielschichtig: Überlebende erzählten von unvorstellbaren Greueltaten: hier entdeckte man in einem verminten Haus notdürftig verscharrte Leichen, dort musste ein Massengrab geöffnet werden, überall Schutt und Elend. Es war aufwendig und schwierig, die Leichen zu identifizieren. Der Hass unter den verfeindeten ethnischen und religiösen Gemeinschaften hatte sich apokalyptisch entfaltet und war immer noch greifbar.

Die letzten physischen und mentalen Kräfte mussten mobilisiert werden, um den Auftrag pflichtgemäss zu erfüllen. Hilfreich war die Perspektive, den Betroffenen Gerechtigkeit widerfahren zu lassen und sie auf dem Weg in ein neues Leben zu unterstützen.

Der Experte wurde bei seinen Arbeiten meist von jüngeren Leuten aus der jeweiligen Ortschaft begleitet, häufig gar von bloss 10-12 jährigen Knaben, die aus einiger Distanz beobachteten, was bei den Grabungen geschehen würde. Er gab es bald auf, sie zu vertreiben und war froh, wenn sie ihn wenigstens nicht behinderten. Allerdings wäre es angemessen gewesen, die Arbeiten hinter einem Sichtschutz zu verrichten. Doch der Experte wurde bald gewahr, dass die jungen Leute überhaupt nicht aus Sensations-gier zuschauen wollten.

Ein Bub von vielleicht 12, 13 Jahren fiel ihm besonders auf. Dieser war jeweils schon zur Stelle, wenn der Experte frühmorgens mit seiner Gruppe eintraf. Dann heftete er sich den ganzen Tag klettengleich an seine Fersen, bleich, mager, mit einem leeren Ausdruck, der niemals eine Gefühlsregung zeigte... seinen wachen Augen entging jedoch nichts.

Das Gebaren des Knaben schien dem Experten recht ungewöhnlich. Eines Tages, nachdem er mit seinen Arbeiten im Dorf gut vorangekommen war, ging er auf ihn zu und fragte ihn, warum er ihn täglich so aufmerksam begleite.

Der Knabe, bisher scheu und stumm, antwortete einsilbig, aber klar und präzis: er wolle sich vergewissern, ob unter den Toten auch Verwandte seien, denn seine ganze Familie sei in den Kriegswirren umgebracht worden. Und etwas mutiger geworden: „Hier im

Dorf ist die Chance indessen klein für mich. Aber auf einem Hof, etwa eine halbe Stunde Richtung Wald, da sind auch Leute begraben worden… doch, doch, da bin ich ganz sicher! Oft habe ich selbst zusehen müssen, wie die Toten angeschleppt wurden. Mein Vater ist auch dabei, und den möchte ich so gerne richtig bestatten lassen… Sehen Sie eine Möglichkeit, mir zu helfen und dort nachzuschauen…?"

Immer schneller und fahriger wirkte der Redeschwall des Knaben. Als er innehielt, war der Experte den Tränen nahe. Er war in den vergangenen Tagen mehrfach erschüttert worden. Die Worte des Knaben aber… nein, das war fast zu viel, selbst für abgehärtete Ohren.

Trauer mischte sich in seiner Seele mit Zorn und Resignation. Schliesslich befand er sich hier nur wenige hundert Kilometer von seiner Schweizer Heimat entfernt, und solche Greuel, nein, das hätte man sich niemals vorstellen können. Eine lächerliche geografische Distanz und doch eine vollkommen andere Welt? Hier Wohlstand, Friede - Schiessereien bestenfalls auf dem Bildschirm - dort Armut, Unruhe, Angst und Schrecken, Tag für Tag.

Das Anliegen des Knaben wühlte ihn zusätzlich auf. Er verstand ihn doch so gut und wollte ihm unbedingt helfen, den Vater zu finden. So würde er ihn in ein richtiges Grab betten können. So würde er die Chance haben, die Vergangenheit hinter sich zu lassen und ein geordneteres Leben zu beginnen.

Sie machten sich gemeinsam auf den Weg zum Hof. Der Experte und seine Mitarbeiter begannen mit der wie üblich traurigen, alle Sinne lähmenden Arbeit...

Der Knabe hatte recht gehabt, sein Vater war bald gefunden, neben vielen anderen Familienmitgliedern, alle brutal ermordet.

In der verbleibenden Zeit stand der Experte dem Knaben zur Seite, für die Formalitäten, für die Bestattung des Vaters, für die dringendsten Bedürfnisse. Die Dankbarkeit des Knaben war der unendlich grosse Lohn, den er entgegennehmen durfte.

Er war in seiner Tätigkeit an einiges gewöhnt gewesen, aber die Geschichte dieses Knaben verfolgte ihn ohne Unterlass und blieb in sein Gedächtnis eingegraben als nicht bloss berufliche, sondern zutiefst menschlich-persönliche Erfahrung.

„Was wäre denn von unserer so nahen Wohlstandsinsel aus zu tun...?", fragte er sich immer wieder.

Bei späteren Einsätzen hatte er noch ein paar mal Gelegenheit, den Knaben aufzusuchen und ihm etwas mitzubringen. Im Dorf war immerhin Ruhe eingekehrt, aber es würde noch Jahre dauern, bis das Leben wieder seinen normalen Gang nehmen konnte.

Der Experte, schon früher in der Schweiz sehr angesehen, wurde nach den Kosovo-Einsätzen zu Vorträgen eingeladen. Seine klaren, ruhigen Ausführungen und seine tiefe Betroffenheit versetzten die Zuhörer in eine fast unerträgliche Spannung. Der Applaus setzte

jeweils erst nach einer minutenlangen, nur von unhör-
baren, ungläubigen Gedankenschwärmen begleiteten
Stille ein… gleich einem erleichterten und befreienden
Aufatmen…

Der Agnostiker

Fetz, so sein Studentenname mit unergründlichen Wurzeln, hatte im Einvernehmen mit seiner Frau die Verwandten und die engeren Freunde zu sich nach Hause für ein Pizza-Essen eingeladen. Er werde sich bei dieser Gelegenheit von allen endgültig verabschieden und dieses Leben beenden. Man möge ja nicht mit traurigen Gedanken daherkommen, er freue sich auf dieses Zusammensein und blicke ohne Groll und Hader auf sein Dasein zurück.

Nicht wenige Gäste hatten wohl den Atem angehalten beim Lesen dieser Einladung. Sie kannten die Hintergründe und respektierten die Haltung des Gastgebers. Sie würden sich allesamt redlich Mühe geben, die abschliessende Begegnung gefasst und würdevoll zu bestehen, möglichst ebenso gefasst und würdevoll, wie sich Fetz gab, natürlich ohne dessen Schalk, der selbst an diesem schicksalshaften Kreuzweg ständig durchschimmerte.

Man war über die schwere, unheilbare Krankheit von Fetz - ein Pankreaskarzinom - auf dem laufenden und über seine unwiderrufliche Entscheidung, die Plagen und Schmerzen, die rasch zunehmen würden, nicht ertragen zu wollen. Und diese Entscheidung wiederum, auch das war bekannt, hing mit seiner Lebenseinstellung zusammen, in der es nur ein Diesseits, ein Hier und Jetzt, keine Metaphysik und keine Fragen zu Gott - und schon gar nicht einen solchen - gab.

Fetz war ein paar Jahre älter als die übrigen Studenten. Er hatte lange gezögert, ob er studieren solle und sich verschiedenen Aktivitäten gewidmet, der Malerei unter anderem. Er wirkte auf uns Kommilitonen gereift, ausgeglichen, selbstsicher und zielbewusst. Eine Reminiszenz ist unvergesslich: als einziger erschien er zu den Vorlesungen im weissen Rollkragenpullover, während der Rest sich (damals noch) zu Hemd und Krawatte verpflichtet fühlte.

Fetz hatte eine rasche Auffassungsgabe und hinterfragte den gebotenen Stoff kritisch, aber sachlich. Es war bereichernd, mit ihm zu debattieren. Gleichzeitig gewahrte man einen gefühlvollen Menschen, dessen Interessen breit aufgefächert waren und weit über das wirtschaftswissenschaftliche Studium hinausgingen.

Ein Gespräch in kleinerem Kreis, in dem es wahrscheinlich um die Schöpfung und das Göttliche ging - Bertrand Russell und sein „Warum ich kein Christ bin" war damals Gegenstand heftiger Kontroversen - bekannte sich Fetz als Agnostiker. Seine Freunde mussten eingestehen, durch ihn erstmals von dieser Weltanschauung erfahren zu haben und lernten, dass sie die „Unerkennbarkeit überirdischen Seins" postuliert und nicht wie der Atheismus eine Antithese zum Gottglauben vertritt.

Der Agnostizismus scheint dem Wesen von Fetz entsprochen zu haben. Er verstand es, das Leben mit einer gewissen Gelassenheit zu nehmen. Trotz Zielstrebigkeit war er keineswegs ehrgeizig. Er lebte das volle Leben, war vielen leiblichen Genüssen zugetan und hielt ständig Ausschau nach neuen Wissensbereichen. Irgendwie erinnerte er mit seinem listigen Schalk immer an Orson Welles.

Er heiratete eine erheblich jüngere, fröhliche Frau, deren Weltanschauungen kaum etwas mit Agnostizismus zu tun hatten, und es war faszinierend, ihr Zusammenleben zu erfahren und sich zu überzeugen, dass es beide an Toleranz und Wohlwollen nicht fehlen liessen.

Das Berufsleben von Fetz verlief erfolgreich, mehrere Jahre war er Mitglied der Konzernleitung eines Grossverteilers. Aber nachweislich verkaufte er sich nie.

Die Nachricht der schweren Krankheit, die sich in ihm eingenistet hatte, nahm er gefasst entgegen. Seiner überlegenen Art entsprechend veranlasste er die eine und die andere Analyse, bündelte die Resultate zu einer klaren Synthese und befand: es ist schön gewesen, aber ich gehe rechtzeitig.

Das Pizza-Essen näherte sich seinem Ende. Fetz hatte sich mit allen gesprächig gezeigt und keinerlei Sorge oder Trauer erkennen lassen - und schon gar nicht Panik. Er äusserte nochmals Zufriedenheit und Dankbarkeit über seine Lebensbahn.

Ein letzter Gruss, ein letztes Winken. Fetz begab sich in einen Nebenraum. Wenige Minuten später war er dort, wo sein unumstösslicher Entscheid ihn hinführen sollte.

Fragen gibt es zuhauf. Manche wundern sich, ob Fetz inzwischen nicht doch noch das Ueberirdisch-

Göttliche wahrgenommen habe. Andere mögen seiner Haltung wenig Verständnis entgegenbringen.

So oder so ergibt sich in Anbetracht von Wesen und Eigenheiten von Fetz ein stimmiges Bild. Folgerichtigkeit und rationale Klarheit hatten ihn durch das ganze Leben begleitet, ohne jegliche Sturheit oder Aufdringlichkeit, so dass man respektvoll anerkennen muss: für Fetz stimmt das so.

Zöttelichappe
(Zipfelmütze mit Kordel)

Für die anderen Restaurant-Gäste kaum sicht- oder hörbar sprach der betagte Mann in sein Handy: „Zöttelichappe"… leise, die Vokale gedehnt, gut verständlich… sonst gar nichts… die Verbindung war beendet. Keine zwei, drei Minuten darauf verliess der Mann das Restaurant, rüstig, aufrecht und wohlversehen mit einer - Zöttelichappe!

Der neugierige Beobachter, ebenfalls regelmässiger Gast wie der betagte Mann, hatte die Reihenfolge dieser Geschehnisse schon ein paar Mal wahrgenommen, sich leicht gewundert, aber nichts weiter dabei gedacht. Der Zufall half nach. Eines Tages, die „Zöttelichappe" hatte gerade das Lokal verlassen, konnte man sehen, wie ein Taxi vorfuhr, die „Zöttelichappe" einsteigen liess und rasch davonfuhr.

Das Rätsel blieb vorläufig ungelöst. Sollte ein geneigter Leser einmal zufällig in diesem Lokal sein und an der Auflösung interessiert sein, ist es für ihn ein leichtes, die „Zöttelichappe" auszumachen, noch bevor etwas ins Handy gesprochen wird. Es gibt nämlich zwei untrügliche Merkmale, die auf die Spur helfen.

Das eine: der betagte Herr ist vielen Gästen bekannt und wird häufig angesprochen: „Guten Tag, wie geht's". Die rasche Antwort lautet unfehlbar: „Ich bin noch da! Und selbst?"

Das andere: der betagte Herr bereitet seine Mahlzeiten mit Messer und Gabel geradezu rituell vor.

Fleisch, Kartoffeln, Gemüse oder Teigwaren werden gründlich zerkleinert auf winzige Würfelchen mit einer Seitenlänge von kaum 3 mm. Dabei achtet er sorgfältig darauf, dass die einzelnen Speisen nicht vermischt werden. Erst wenn nach langem Schneiden und Schieben und nochmals Schneiden unterschiedliche Farbhäufchen von Würfelchen schön gesondert auf dem Teller ausgebreitet sind, findet der erste Bissen zum Mund.

Doch zurück zum Rätsel: es konnte durch weitere Beobachtungen entschlüsselt werden. Das vordergründig wahrnehmbare Ritual verbirgt eine ausgeklügelte, gescheite und unfehlbare Abmachung. Der betagte Herr ist Pensionär im besagten Restaurant. Nach gehabtem Mahl, wenn er aufbrechen will, ruft er ein Taxi, und zwar immer bei der gleichen Firma, mit der er längstens vereinbart hat, dass er umständliche Fragen und Erklärungen vermeiden wolle, zumal der Ablauf immer der gleiche sei, mit Ausnahme des Zeitpunkts.

Also meldet er der Nummer nur gerade das Codewort „Zöttelichappe", und die Taxifirma weiss untrüglich, wann und wo wer abzuholen ist.

Der neugierige Beobachter ist beeindruckt von dieser taktischen Glanzleistung, die nicht nur zweckmässig ist, sondern fast geheimdienstliches Niveau aufweist. Bleibt nur noch herauszufinden, welche rituelle Absprache wohl der Ankunft des betagten Gastes im Stammlokal und der Zuweisung des immer gleichen Tisches zugrunde liegt…

46

Ein Lichtstreifen... auf einen Lebensweg

Der Wanderer hatte sich an den Tisch zu der älteren Dame gesetzt. Das kleine, abgelegene Lokal war an diesem verhangenen Tag nur spärlich besetzt, an einem anderen Tisch beendeten ein paar Bauarbeiter ihre Mahlzeit.

Die beiden kamen ins Gespräch, beschrieben gegenseitig mit Begeisterung das schöne Tal und den Rundweg um den paradiesischen, verträumten Saoseo-See und tauchten bald tiefer in persönliche Eindrücke und Erfahrungen, die ihnen das berufliche Leben beschert hatte... denn hier war man ja auf Urlaub, und die Distanz zum Alltag war wohltuend gewahrt und liess diesen in leicht abgeklärter, perspektivischer Verkleinerung erscheinen.

Die ältere Dame stammte aus Deutschland, war Rentnerin und kannte die hiesige Gegend von regelmässigen Besuchen über viele Jahre. Hier habe sie jeweils Energie schöpfen können, in dieser wunderbaren, göttlichen Natur sei es ihr vergönnt gewesen, neue Kräfte aufzubauen für ihren Beruf als Kinderärztin. Denn, nicht wahr, als Ärztin schlüpfe man gleichsam in die Haut des Patienten und sei bestrebt, dessen Gedanken und Beweggründe nachzuvollziehen, zu verstehen und zu Hilfe zu nehmen, um das Krankheitsbild richtig zu erfassen. Nur so sei eine fundierte Diagnose möglich, nur so ergebe sich ein sinnvolles therapeutisches Gespräch, gerade bei Kindern, die in der Regel kaum hilfreich zu artikulieren wüssten, wie der Schmerz beschaffen sei.

„Da bin ich schon gefordert gewesen", fuhr sie weiter. „Aber ich wurde entschädigt durch die Heilung, die sich zumeist einstellte und durch die Dankbarkeit und Anerkennung, welche die kleinen Patienten zum Ausdruck brachten, weniger mit Worten, als mit entspannten, strahlenden Gesichtern und leuchtenden Augen. Das war das Schöne an meinem Beruf, das Gefühl, im Leben eines anderen etwas Wichtiges bewirkt zu haben."

Nach einer kurzen, gedankenvollen Pause ergänzte die Dame: „Natürlich ist die Heilung manchmal längere Zeit ausgeblieben, und das hat Zweifel und gar Niedergeschlagenheit heraufbeschworen. Dieses Auf und Ab gehört zu jedem Beruf. Nur einmal drohte mir das ganze zu entgleiten, als nämlich ein kleiner Bub kurz nach Beginn der verordneten Therapie unvermittelt verstarb: sein Ableben schien in keinem Zusammenhang zur erstellten Diagnose zu stehen. Es blieb unergründlich und ohne fassbare Ursache. Es gab rein gar nichts, an das ich mich als Ärztin hätte klammern können und das der Familie ein willkommener Trost gewesen wäre. Der Kleine entschwand einfach so, stumm, endgültig und abschliessend."

Das Geschirr wurde abgeräumt, wir bestellten einen Kaffee.

Die Dame atmete tief durch. „Das erlebte ich als eine harte Zeit: das Phänomen an sich, die Mitteilung an die Eltern, die schier endlose Suche nach Gründen. Ich räume freimütig ein, dass ich das eigentlich nie verwunden habe, dass ich an meiner offenkundigen

Hilflosigkeit immer wieder leide, wie an einer Wunde, die unversehens immer wieder aufgerissen wird."

Der Wanderer zögerte, die Gedanken der Dame mit teilnehmenden Fragen zu stören.

„Mit der Zeit wurde die Wunde kleiner und schmerzte weniger. Sie vernarbte aber nie ganz. Ich habe mühsam gelernt, damit umzugehen und dabei viel Hilfe erfahren, von den verständnisvollen Angehörigen des Kleinen, von meiner eigenen Familie, von Fachkollegen und… von der wunderbaren, göttlichen Natur, die uns hier umgibt."

Ein paar belanglose Bemerkungen war alles, was dem Wanderer über die Lippen kam. Die Dame hatte aus tiefstem Herzen gesprochen, und das berührte und bewegte ihn.

Die Dame war nicht besonders gut zu Fuss. Die erwanderten Strecken würden ihr reichen, meinte sie, und sie bevorzuge den kleinen Bus für die Rückreise ins Haupttal.

Der Wanderer verabschiedete sich und nahm den Weg unter die Füsse, dankbar für den Lichtstreifen auf ein erfülltes Leben und für die Wahrhaftigkeit, auf der es verankert war.

Der kleine Bus überholte ihn unterwegs, die Dame winkte sachte, die Begegnung verhallte in Raum und Zeit.

Der Mann, der die Weisheit suchte

„Woher der wohl das viele Wissen her hat?" Der Knabe hing an den Lippen des Schullehrers und staunte jeweils aufs neue, wie locker und überlegen dieser erzählen und erklären konnte. „So gescheit möchte ich auch einmal sein!", dachte der Knabe.

Zu Hause machte er ähnliche Erfahrungen. Die Eltern hatten immer einleuchtende Antworten auf seine vielen hartnäckigen Fragen. Wenn Verwandte oder Freunde zu Besuch kamen, diskutierten sie über das Tagesgeschehen, über Geschichte, ja, über eine Palette von Themen, die dem Knaben unerschöpflich schien…, und stets wussten sie Bescheid, ganz selbstverständlich. Der ältere Bruder konnte schon gut mithalten. Da kam sich der Knabe so klein und unnütz vor. „Ich will das alles auch einmal wissen, um mitreden zu können!", sagte er sich.

Es war eine weitere, ganz frühe Kindheitserfahrung, dass in Gesprächen unter Erwachsenen oft respektvoll hervorgehoben wurde, dieser oder jener sei ein weiser, vorbildlicher Mensch.

Was ist denn nun Wissen, was ist Weisheit…? Lauter bohrende Fragen!

In der späteren Ausbildung lernte er den Unterschied zwischen Wissen und Weisheit langsam kennen. Dieser Unterschied war zwar nicht so einfach zu verstehen. Er wurde gewahr, dass man sich durch Fleiss und Ausdauer viel Wissen aneignen konnte, im Studium, in Büchern, von interessanten Menschen. Aber Weisheit, wo war denn die zu finden?

Durch viele Gespräche und Kontakte glaubte er nach und nach sagen zu können, ob jemand „nur" über viel Wissen verfügte oder darüber hinaus auch weise war. Er beobachtete, dass viel Wissen oft blosses Blendwerk blieb und eigennützig eingesetzt wurde. Weisheit schien anders zu sein, diese Leute waren keine Blender, bei ihnen fühlte er sich wohl, die bewunderte und akzeptierte er als Vorbild.

Die Suche nach Weisheit blieb weiter sein grosses Anliegen. Im Gedanken, sie bald irgendwo finden zu können, führte er zahllose Gespräche, fand Antworten zu kniffligen Fragen, die ihm gestellt wurden, vermochte zu helfen, wo die Leute Rat suchten. Aber auf seine eigene, die wichtigste Frage gab es anscheinend keine Antwort.

War es denn ganz einfach so, dass einzelne Menschen weise waren, und andere eben nicht...?

Mit den Jahren wurde sein Wissen breiter und tiefer. Er vermochte nun mühelos mitzureden, ganz so, wie er das von seinen Eltern und Lehrern als erstrebenswert in Erinnerung hatte. Die Leute anerkannten seine vielen Kenntnisse und schätzten seinen Rat, das spürte er. Es fiel jedermann auf, wie gut er sich in eine Situation hineindachte und wie treffend er ein Problem von verschiedenen Seiten anschauen konnte. Man bemerkte - und es blieb ihm nicht verborgen - , dass er in allem einen Mittelweg suchte und dass ihm einseitige Polemik fremd war. Das machte ihn gar ein wenig stolz. Aber die Weisheit, ja, wo war die…?

Es begab sich an einer kleinen Feier aus Anlass seines runden Geburtstages. Er hörte den Gratulationen zufrieden und gelassen zu. Aber halt, sprach da nicht jemand von der Weisheit, die ihn, den Jubilar auszeichne? Von der Weisheit seiner Gedanken, seiner Ratschläge, seiner Lebensführung?

Er hörte jetzt genauer hin. Sollte er die Weisheit schliesslich gefunden haben, ohne es zu merken? Er war überrascht und verwirrt zugleich. Es gelang ihm endlich, seine Gedanken zu ordnen, und da wurde ihm bewusst, dass er die Weisheit nicht gefunden hatte, sondern dass sie ihm zugefallen war. Es war wie ein Nebel, der sich lichtete, und er begriff, was die Leute meinten und warum sie ihn weise nannten: weil er für sie da war, offen für ein Gespräch, ohne Vorurteile, mit einer verständlichen, gradlinigen Haltung, das Leben bejahend trotz vieler Vorbehalte, respektvoll und demütig. Zum ersten Mal erahnte er die wichtige Aufgabe, die er über seine beruflichen Tätigkeiten hinaus für diese Menschen erfüllen durfte.

Das war also die Weisheit, die er so lange gesucht hatte! Endlich hatte er ihr Wesen verstanden. Das Wissen war zwar wichtig, aber erst im Austausch mit anderen Menschen gewann es an der Klarheit und Tiefe, die zur Weisheit führten. Weisheit konnte demnach nicht wie das Wissen erarbeitet werden, nein, sie war wie ein edler Stein, der durch den Schliff des nachsichtigen, gelassenen Da-Seins für die Mitmenschen einen besonderen Glanz erlangte.

Weisheit - so folgerte der Mann allmählich - fällt offenkundig demjenigen zu, der sie voller Achtsamkeit und Demut, ohne Gier, als schöne Fügung dankbar zu empfangen bereit ist.

Der grosse William
und die kleinen Dinge des Lebens

„Ich bedaure diese Diagnose", hatte der Arzt zu ihm gesagt. „Leider kann ich Ihnen keine wirksame Therapie vorschlagen. Ihr Krebs ist sehr aggressiv und wird sich rasch weiter ausbreiten." - William nahm den ärztlichen Befund gefasst entgegen. -„Irgendwelche Massnahmen, Verhaltensregeln?", der erfolgsgewohnte und forsche William stellte diese Fragen schon fast ergeben und demütig. - „Nichts besonderes", meinte der Arzt, „Sie werden weitgehend schmerzfrei bleiben. Aber mit 60 Jahren müssen Sie nun Ihre Kräfte sorgfältig einteilen, jegliche Tätigkeit wird Sie bald zunehmend ermüden. Konzentrieren Sie sich auf Dinge, die Ihnen Freude bereiten, vermeiden Sie Belastungen und Aerger... in den paar Monaten, die Ihnen noch bleiben."

Es waren düstere und niederschmetternde Neuigkeiten. Er war gefasst, denn in seinem harten Berufsleben hatte er manches einstecken müssen. Er wusste aus Erfahrung, dass Misserfolge meist durch neue Siege abgelöst wurden, wenn man nur unbeugsam blieb und den Kopf hoch hielt.

Der Instinkt, der ihn bisher so sicher geleitet hatte, signalisierte ihm aber diesmal eine grundlegende Wende. Er würde seine angesehene und lukrative Firma verkaufen, in unverbrauchte Hände geben und sich in seinem Alter mit dem Erreichten zufriedengeben. Entschlussfreudig blieb er auch im Angesicht des nahen Endes.

Trotzdem war das sehr hart für William. Bisher hatte er alles fest im Griff gehabt. Nichts hatte ihn geschreckt, alles war immer machbar gewesen. Die harten Bandagen, die er sich im Lauf der Jahre unzimperlich zugelegt hatte, waren ihm selbstverständlich geworden, ein unerlässliches Arbeitsinstrument, das er genau so wenig bewusst wahrnahm, wie die unterlegenen Partner, die an seiner häufig ungeraden Lebensspur liegengeblieben waren. „Bringen Sie mir Fakten, ich habe keine Zeit für Gefühle!", oder „Schade für ihn, wenn es mir nur nützt!", das waren seine rücksichtslosen Devisen, in der Wahl seiner Geschäftsmethoden und -verbindungen, wie auch bei der Auslese seiner privaten Beziehungen.

Der geschäftliche Erfolg verschaffte ihm in der amerikanischen Geschäftswelt viel Bewunderung, vordergründig jedenfalls. Aber wie echt würde die Anteilnahme sein, wenn seine Krankheit und sein Rückzug bekannt wurden?

Hatte er eigentlich Angst vor dem Tod? Er begann darüber zu sinnieren, wollte auch seine Frau darauf ansprechen. So ganz gelassen dachte er bestimmt nicht an den Tod, zu weit abseits und schwer fassbar empfand er ihn in seiner eigenen Gedankenwelt von linearem Fortschreiten, von Unterwerfung, von einer Zukunft mit „mehr" und „besser". Er schob das Thema auf.

Auf dem Heimweg besann er sich auf die Empfehlung des Arztes, er solle sich auf Dinge ausrichten, die ihm Freude bereiten. Bilder tauchten plötzlich auf, er wähnte sich unmittelbar auf Ibiza, wo er in den letzten

Jahren mit seiner Frau jeweils Ferien gemacht hatte. „Warum nicht dorthin gehen, sich dort niederlassen und die restliche Zeit wie Ferien geniessen?"

Seine Frau Carol kannte ihn durch und durch. Williams oft unnahbare Härte legte sich bisweilen schwer auf ihre Beziehung. Carol sorgte für einen Ausgleich, indem sie sich intensiv mit Musik, mit der Natur und den gleichsam ewigen Dingen des Lebens beschäftigte. Da blieb ihr dann die einseitige Lebensführung von William um so weniger verborgen. Sie bedauerte das, wusste aber aus langer Erfahrung, dass William diese „Fakten-und-Zahlen-Welt" brauchte, wie die Luft zum Atmen.

Sie hatte schon länger gespürt, dass William irgendwie anders geworden war und hatte deshalb nachdrücklich den Arztbesuch befürwortet.

Als William ihr nun den Befund und seine Zukunftsgedanken eröffnete, war sie zunächst sehr schockiert und besorgt. Gleichzeitig stellte sie indessen befriedigt fest, dass William bereits deutlich einen neuen Weg vor sich sah, also eigentlich der alte geblieben war: zuversichtlich, bereit, sich anzupassen und weiter aufrecht zu gehen.

Sie besprachen auch das nahe Ende, das William zu Carols Genugtuung nicht einfach verdrängte. Sie nahmen sich vor, regelmässig darauf zurückzukommen. Noch war ja Zeit, und wichtige Entscheide standen jetzt an.

Die Idee mit Ibiza sagte auch Carol zu. Sie gab aber zu bedenken, dass der gewohnte Ferienstil mit einem Appartment in der lärmigen Stadt, viel Nachtleben und sonstiger Betriebsamkeit kaum ratsam wäre. Die beiden kamen deshalb überein, in ländlicher Umgebung, in der Nähe eines kleinen Dorfes, nach einer passenden Bleibe zu suchen.

Sie wurden bald fündig. Die übrigen Angelegenheiten waren ebenfalls umgehend geregelt, und so übersiedelten William und Carol in ein kleines, gemütliches Haus in einer ländlichen Ecke Ibizas, fernab des bisher so gepriesenen städtischen Gewühls während früherer Ferien.

Der Wohnortswechsel war dramatisch. Was hatten sie nicht alles zurückgelassen: den hektischen Rhythmus der täglichen Arbeit, die Geschäftskontakte, die Verwandten und Freunde und natürlich die vertraute Umgebung! Geschäftspartner hatten die Achseln gezuckt, Freunde und Verwandte hatten kaum Verständnis gezeigt - „... also gut, die Krankheit - aber trotzdem..."

Aber William und Carol waren sich einig, dass das kurze Leben, das William verbleiben würde, am besten losgelöst von bisherigen Verknüpfungen zu verbringen war.

Ein neues Leben also für beide! Es gelang ihnen tatsächlich, sich rasch zurechtzufinden. Williams Krankheit verlor ihre unmittelbare Bedrohung. Sie schätzten die Annehmlichkeiten der neuen Nachbarschaft. Bald lag das frühere Leben weit zurück.

William füllte seine Tage mit häuslichen Verrichtungen, mit der Pflege des kleinen Gartens, mit dem Betrachten der reizvollen mediterranen Umgebung. Bücher zu lesen war nicht so seine Sache. Er zog es vor, auszuschwärmen, die Stille zu geniessen und sein Vokabular der fremden Sprache zu erweitern.

All das war ganz neu für ihn. Musse war ihm fremd gewesen, menschliche Kontakte stets auf das Geschäftliche ausgerichtet.

Deshalb war William recht erstaunt, als schon in den ersten Tagen ein alter Bauer, der rittlings auf einem schwächlichen Esel daherkam, ein helles und frisches „hola!" an ihn richtete und fragte: „Ah, Sie sind neu hier, erst kürzlich in jenes Haus eingezogen! Woher stammen Sie, was führt Sie hierher?" William gefiel dieses heitere und unbekümmerte Fragespiel auf Anhieb, ebenso die leuchtenden Augen und das zutrauliche Lächeln im faltigen Gesicht des Bauern. Er radebrechte seine Antworten auf diese und manche weiteren Fragen. Nach einem herzlichen „adiós, hasta la vista!" zog jeder seines Wegs. William hatte das sonderbare und für ihn neue Gefühl, zu jemandem ein schönes, freundschaftliches Band geknüpft zu haben, zu einem Wesen, das nichts von ihm wollte und das ihm nichts schuldete… das wie er selbst ganz einfach den Tag genoss und Freude hatte an dieser Begegnung. William spürte vielleicht erstmals die Kraft absichtsloser menschlicher Wärme.

William verband seine Spaziergänge mit Einkäufen im Dorf. Das bescherte ihm neue Bekanntschaften, mit dem Strassenkehrer etwa, oder mit dem Dorfpolizisten, mit den Männern im Kaffeehaus, mit den Laden-besitzern. Bald war er überall bekannt, von links und rechts tönte ihm ein herzliches „hola!" entgegen, wenn er durch das Dorf schritt. Die Gespräche knüpften mehr und mehr an frühere Begegnungen an, und so entstand ein Gewebe, von dem sich William zuse-hends getragen fühlte. Er ging jetzt gerne auf die Leu-te zu, redete mit ihnen über Gott und die Welt. Er musste ihnen ja nichts verkaufen, und sie forderten nichts von ihm... das war so neu... und so seltsam bereichernd!

Noch etwas wurde William plötzlich bewusst: er plau-derte mit diesen Menschen, ohne sie durch den Filter der gesellschaftlichen Stellung zu würdigen und ohne je zu erfahren, wie viel sie verdienten. Auch ihre Bil-dung, ihr Intellekt erwiesen sich als zweitrangig... ihre offene Herzlichkeit war ihm viel wichtiger.

So lernte William die kleinen Freuden und Sorgen dieser Menschen kennen. Der Strassenkehrer erzähl-te ihm vom kranken Töchterlein. Der Dorfpolizist be-klagte die Knausrigkeit seiner Vorgesetzten, die par-tout seine abgetragene Uniform nicht ersetzen woll-ten. Die Frau im Gemüseladen wollte nicht einsehen, dass viele Leute im fernen Supermarkt einkauften, vielleicht etwas billiger, aber ohne die Herkunft der Produkte zu kennen. In der Käserei lamentierte man über den Preisdruck der Grossverteiler und erinnerte stolz an die hohe Qualität der eigenen Erzeugnisse. Der alte Bauer, dem er jetzt regelmässig begegnete, war stolz auf seinen Enkel, der demnächst getauft werden würde.

Es war, als ob William in eine neue, ihm bisher unbekannte Welt eingetaucht wäre. In seinem früheren Leben hätte er gewiss geringschätzig reagiert und höhnisch gedacht, er könnte seine Zeit für Wichtigeres einsetzen. Das war merkwürdigerweise nicht mehr der Fall, im Gegenteil, William nahm Anteil an den kleinen Freuden und Sorgen der Menschen und verfolgte aufmerksam und interessiert ihr bescheidenes und demütiges Leben. Er tauchte bald in ihre Geschichten ein, wollte das Neueste erfahren und wie es nun weitergehe. Er fühlte sich behaglich in diesem Geflecht und freute sich auf die Begegnungen, die ihm der neue Tag bringen würde. Er durfte sich eingestehen, dass er seine Krankheit nahezu vergessen hatte und kaum mehr störend und belastend empfand. Der angekündigte nahe Tod war in weite Ferne gerückt.

Auch das war erfrischend neu für William: er lernte Hintergründe kennen, die ihm verborgen geblieben waren und die er früher mit einem „bah" abgetan hätte, wären sie ihm bekannt geworden. Die Argumente der Gemüsefrau erwiesen sich als stichhaltig: ihre Früchte und Tomaten schmeckten tatsächlich besser, und der Anbau der Landwirte, die die Frau samt und sonders persönlich kannte, schien wirklich klüger und durchdachter zu sein. Die Eier der lokalen Molkerei waren grösser, der Rahm aparter und die Butter besser als alles, was William bisher gekostet hatte. Er lernte die Ursachen kennen und ass fortan bewusster und mit mehr Genuss. Er war zerknirscht, dass er solches bisher nicht beachtet hatte. Namentlich musste er sich eingestehen, dass er sich zu sehr vom flotten Auftreten der Grossanbieter und ihrer oberflächlichen

Werbung hatte verführen lassen. Zu unkritisch hatte er sich in den „main stream" - wie man in seiner Heimat sagte - eingefügt und Einwände von nachdenklichen Zeitgenossen unwirsch herabgewürdigt.

In seinem neuen Leben erfuhr William, wie wichtig es war, in eine überschaubare menschliche Gemeinschaft eingebettet zu sein, ihr Verantwortungsbewusstsein zu spüren und ihre tiefe Verankerung in der Natur. Er schätzte zusehends, achtsam zu handeln und ebenso behandelt zu werden. Das Wiederkehrende aller Erscheinungen wurde ihm mehr und mehr bewusst und erlaubte ihm, seine früheren Ansichten besser zu verstehen und auch den unvermeidlichen Tod demütig anzunehmen.

Die früheren Kontakte verkümmerten. Für William und auch Carol wurde das jedoch mehr als aufgewogen durch das bereichernde neue Umfeld.

Die paar Monate, die ihm sein Arzt zugestanden hatte, gingen vorüber, und William fühlte sich keineswegs schlechter, im Gegenteil. Die regelmässige Kontrolle brachte erstaunliches zutage: der Krebs hatte sich nicht weiter entfaltet, sondern zeigte Anzeichen, sich zurückzubilden.

Carol blickte später glücklich und erfüllt auf das „neue Leben" zurück, das ihr und William geschenkt worden war. Sie empfand es im nachhinein als Wunder, wie sich William gewandelt hatte, wie er sich von der hohlen geschäftlichen Betriebsamkeit lossagen konnte und wie er jeden neuen Tag als Geschenk dankbar entgegennahm. Die „Fakten und Zahlen" waren längst durch „Eindrücke und Gefühle" ergänzt, wenn nicht gar ersetzt worden.

Carol erinnerte sich besonders gerne an die wiederholten Aussagen von William, wie schön und erfüllend die menschlichen Kontakte im kleinen Dorf für ihn seien. „Weisst Du", sagte er mehrfach, „ich kann überhaupt nicht verstehen, welchem Wahn ich früher verfallen war! Ich musste alt und krank werden, um endlich das wahre Leben und so viele Schönheiten kennenzulernen. Die kleinen Freuden und Sorgen der Dorfleute haben mir die Augen aufgetan. Ich verbringe hier die schönste Zeit meines ganzen Lebens! Und wenn ich dereinst in die andere Welt eingehe, werde ich es erfüllt, angstfrei und ruhig tun können!" Sogar die Gemeinschaft mit Carol hatte er als neu empfunden, viel harmonischer und erfüllter. „Du hast ja seit Jahren schon darauf hingewiesen und es mir sogar vorgelebt!", ergänzte er, „ich Tor war aber noch nicht bereit, zuzuhören. Ich liess mich täuschen, rannte gierig immer neuen geschäftlichen Zielen hinterher. So vieles habe ich dabei versäumt und so manches verachtet, das uns trägt und erfüllt und lenkt. Ich bin Dir für Dein liebevolles Verständnis so unendlich dankbar!"

Aus dem einen Jahr waren zwei, dann drei und sechs, schliesslich zwölf volle Jahre geworden, die William auf Ibiza vergönnt waren. Wie er es vorausgesehen hatte, starb er erfüllt, angstfrei und ruhig, ohne besondere Beschwerden, im Alter von 72 Jahren. Die Dorfleute würdigten ihn, den weitherum geschätzten Guillermo, als einen der ihren und verehrten ihn als offenen, zugänglichen, lieben Freund.

In seiner früheren Heimat blieb das Ableben des einst bewunderten und gefürchteten grossen Bill eine Randnotiz.

Pépé Catusse, Beobachter am Jakobsweg

Liebe Pilger, liebe Wanderer,

Ich bin Pépé Catusse. Seit meiner Pensionierung hatte ich immer viel Zeit. Ich schaute gerne nach meinem Garten und beobachtete aufmerksam die Pflanzen und Tiere. Ich fühlte mich ja immer eng mit der Natur verbunden. Leider ist meine Frau schon länger verstorben. Unsere Kinder sind alle ausgeflogen, unser kleines Dorf war ihnen zu eng geworden, sie sehnten sich halt nach dem Leben der entfernten Stadt. Wo unser Dorf liegt? Im südlichen Frankreich, zwischen Espeyrac und Estaing, in der Region Midi-Pyrénées, im Département Aveyron. Den Namen würdet Ihr kaum auf einer Landkarte finden…

Ich fühlte mich immer wohl hier. Das Dorf ist mir seit meiner frühesten Kindheit vertraut, ja, wenn ich so nachdenke: ich habe es kaum je für mehr als einen Tag verlassen. Ich liebe die Beschaulichkeit, das naturbestimmte, ruhige Leben und den kleinen Kreis von vertrauten Menschen, die mich alle kennen.

Langweilig? - Das kann ich klar beantworten: Langweilig ist mir überhaupt nie. Im übrigen müssen Sie wissen, dass hier der jahrhundertealte Jakobsweg vorbeigeht!

Je älter ich wurde, desto wichtiger ist der Jakobsweg für mich geworden! Seit ich mich nicht mehr so sicher auf den Beinen fühle, habe ich meine Gartenarbeiten eingeschränkt und mich gerne auf ein Mäuerchen gesetzt, das den Jakobsweg begrenzt, jeden Tag, wenn es das Wetter erlaubte. Hier konnte ich die Pilger beobachten, die jahraus jahrein vorbeiziehen. Ich sandte ihnen einen aufmunternden Gruss, lächelte ihnen entgegen, wünschte ihnen viel Kraft und sprach ihnen Mut zu für den weiteren Pfad. Es gab Pilger, die anhielten und mit mir ein paar Worte wechselten. Ich erzählte ihnen gelegentlich eine Geschichte. Ich freute mich, wenn sie zufrieden waren und mit neuen Kräften weiterzogen. Diese Erfahrung ist mir durch viele Jahre zu einem ganz wichtigen Lebensinhalt geworden, und es waren jeweils besondere Tage, wenn ich zu meinem Mäuerchen gehen konnte.

Die Pilger und Wanderer haben mir erzählt, was ihnen der Jakobsweg bedeutet. Da gab es welche, die die Natur bewunderten, und andere, die unsere mittelalterlich geprägten Orte gerne anschauten, und wiederum solche, die ganz einfach Freude am Wandern zeigten. Allen gemeinsam war, dass der Weg ihnen offenbar mehr bedeutete als das Ziel. Natürlich hörte ich vereinzelt, man wolle durchhalten bis Santiago, aber das war die Ausnahme. Die meisten schätzten die Ausstrahlung des Weges, der sie gleichsam auf sich selbst zurückwarf, sie anhielt, nachzudenken, ihr Leben zu betrachten, ihre Haltung zu den Mitmenschen zu überprüfen, ihre Einstellung zur Schöpfung insgesamt.

Das ist mir aufgefallen: Viele Pilger und Wanderer zogen allein oder zu zweit des Wegs, aber selbst in grösseren Gruppen hörte man nie laute Gespräche oder zügelloses Johlen. Alle waren sie eher still und in sich gekehrt, mit sich beschäftigt, hingen ihren Gedanken nach - strebten nur nebenbei nach dem nächsten Etappenziel, gaben sich der Wirkung des Weges hin - und schienen dabei die wohltuenden, immerwährenden Kräfte des Universums zu spüren.

Ich war beeindruckt: Der Weg als Ziel? Eigentlich ist meine kurze Strecke von zuhause bis zum Weg und zurück auch wichtiger als das Mäuerchen. Ich geniesse jeden Schritt und sehe die Strassen, die Häuser und die Leute, die mir begegnen, immer wieder neu, fast wie zum ersten Mal. Das Mäuerchen ist mir ein wichtiger Ersatz, da ich selbst nicht mehr so weit gehen kann. So habe ich die Möglichkeit, Anteil zu nehmen an den Gedanken der Vorbeiziehenden. Mein Ziel ist, dankbar und zufrieden zu bleiben, und dazu verhilft mir mein kurzer Weg ebenso wie der Jakobsweg den Pilgern und Wanderern.

Am 5. Oktober 2008 bin ich in die andere Welt eingegangen. Ich bin jetzt einer der unzähligen Sterne, die Euch auf dem Jakobsweg begleiten. Von dort grüsse ich Euch mit ungebrochener Zuneigung und versichere: ich bin weiter mit Euch!

Les Trois Colosses

War das wirklich ein Gasthof? Unsere spontane Begeisterung wich rasch einer Betretenheit, die sich unweigerlich dann einstellt, wenn man das mulmige Gefühl hat, einen Fehltritt zu begehen.

Max und ich hatten uns von dem malerischen Fassadenschild locken lassen, das verkündete: „Aux Trois Colosses". Die drei Gestalten waren trefflich und farbenfroh im Bild festgehalten und wurden von uns als zwar ungewöhnliche, doch muntere und herzliche Gastgeber empfunden. Neben dem Eingang standen Velos, ein untrügliches Zeichen, dass noch weitere Pedaleur-Kollegen Halt gemacht hatten. Die erhöhte Lage über dem See war besonders einladend.

Wir hatten Genf verlassen und pedalten gemütlich durch die Vororte Richtung Evian. Die Sonne brannte schon frühmorgens heiss auf uns nieder, immerhin etwas gemildert durch den Fahrtwind und die Brisen, die der See herüberwehte.

Die Strasse hatte uns gerade leicht bergan geführt, und die Sicht auf den See und die Schweizer Ufer wurde grandios. Eine kurze Rast drängte sich auf, „Les Trois Colosses" hatten uns überzeugt.

Wir betraten die Räume, langsam watschelnd in unseren steifen Radlerschuhen. Wir zögerten. Zu unserer Verwunderung war die Ambiance auf einmal gar nicht mehr restaurant-ähnlich: überall sassen betagte Leute, die leise murmelten, Zeitung lasen oder Karten spielten; sie wurden von flinken Gestalten in weissen Gewändern umsorgt. Ein Kopf nach dem anderen hob sich, verwundert-fragende, neugierige Blicke hefteten sich auf uns.

Jemand kam mit diskretem Schmunzeln näher und bemerkte, wir seien gewiss - wie schon viele andere vor uns - der Meinung gewesen, einen Gasthof zu betreten. Dem sei leider nicht so, oder vielmehr „nicht mehr". Hier werde ein Altersheim betrieben. Das Schild über dem Eingang habe tatsächlich einmal zu einem Restaurant gehört, aber das sei sehr, sehr lange her. Man habe es als schöne Dekoration einfach hängen lassen! Ach ja, die Velos… die gehörten natürlich nicht den Gästen, sondern dem Pächter und den Angestellten…

Mit hängenden Schultern zogen wir uns zurück. Amüsiert weiter pedalend suchten wir ein anderes Lokal.

Das Märchen von den zwei Klavieren

Es waren einmal zwei baugleiche Steinway-Flügel. Sie hatten nicht das gleiche Zuhause. Aber sie waren ähnlich veranlagt, der eine zwar etwas jünger als der andere, und beide machten unabhängig von einander mit ihren Besitzern, Spielern und Zuhörern etwa die selben Beobachtungen und Erfahrungen. Jedoch wussten sie nichts von des anderen Existenz.

Beide waren nicht gerade unglücklich und soweit eigentlich zufrieden, und doch hatten sie das Gefühl, dass es schön wäre, nicht weiter bis in alle Zukunft allein zu sein. „Aber eben", dachten sie, „wie schwierig ist es doch, einen passenden Partner zu finden… erst recht, wenn der Weg über den Besitzer führen muss…!" Und so hatten sie es nach allen Erfahrungen fast aufgegeben, überhaupt noch Gedanken an solche Träume zu verschwenden.

Aber des Allmächtigen Wege sind mannigfaltig. Die Besitzer - eine Sie und ein Er mit ungefähr dem gleichen Altersunterschied wie die Klaviere - hegten ähnliche Gefühle der Sehnsucht und der Resignation wie ihre Instrumente. Sei es nun Fügung oder Planetenkonstellation - Zufall ist gewiss ausgeschlossen - die Wege der Besitzer kreuzten sich unversehens, und die Kreuzung wurde Ausgangspunkt eines fortan gemeinsamen Weges. Das hatte zur Folge, dass der eine Flügel auf Wanderschaft ging, um nun neben dem anderen Aufstellung zu nehmen, in Tastenfühlung sozusagen. Die beiden beäugten und belausch-

71

ten sich, lernten sich kennen und fanden spontan Gefallen aneinander.

Indes war die neue Partnerschaft für beide erst ungewohnt, obgleich so lange herbeigesehnt, und sie durchlebten nicht nur Hochgefühle, sondern ab und zu auch Momente des Zweifels und der Unruhe. Aber das Gemeinsame überwog, und sie gewahrten immer deutlicher, dass ihr lange gehegter Traum sich wahrhaftig erfüllte. Sie ertönten jetzt in noch schönerem Wohlklang und begeisterten ihre Besitzer, Spieler und Zuhörer wie nie zuvor.

Die Besitzer empfanden die Situation zunächst ebenfalls als ungewohnt und gelegentlich verwirrend. Sie durchlebten ähnlich wie die Klaviere Phasen grosser Zuversicht und zäher Vorbehalte. Aber auch bei ihnen überwog das Gemeinsame. Sie hatten klar erkannt, dass man weder sie noch die zwei Instrumente mehr trennen konnte. Es war eine Art Zauber, der die Flügel erfasst hatte, und dieser Zauber umfing auch ihre Besitzer.

Die Besitzer lehnten sich nicht mehr gegen dieses Geschick auf und beschlossen zutiefst überzeugt, fortan das Spiel des Lebens gemeinsam weiterzuspielen.

Darüber waren alle Beteiligten, die Klaviere, die Besitzer und ihr gesamtes Umfeld überaus froh und glücklich.

Wichtiges und Unwichtiges im Leben?

Der Professor überlegte einen Augenblick. Er sollte den Seminarteilnehmern, Kaderleuten grosser Betriebe, eine sinnvolle und wirksame Zeitplanung erklären. Die Zuhörer müssten erkennen können, was wichtig ist bei der Lösung einer Aufgabe und was zunächst weniger Beachtung verdient. Eine Aufgabe soll sinnvoll in ihre Teile zerlegt und dann bezüglich Zeit und Kosten optimal erledigt werden.

„Ich hab's", dachte er bei sich. Er hatte seine ursprüngliche Idee schon verworfen und war überzeugt, nunmehr den richtigen Ansatz gefunden zu haben... denn er würde den Leuten damit zusätzlich zur gestellten Aufgabe etwas viel Fundamentaleres nahebringen können!

Er schaute konzentriert in die Runde und verkündete: „Wir machen jetzt ein kleines Experiment!" Er bückte sich und zog einen riesigen Glaskrug unter dem langen Pult hervor, das ihn von seinen Zuhörern trennte, und stellte ihn vorsichtig hin. Er bückte sich nochmals und legte etwa ein Dutzend Steine, alle in Tennisball-Grösse, neben den Glaskrug. Jetzt nahm er die Steine und legte einen nach dem andern sorgfältig in den Glaskrug, bis dieser randvoll war. Als kein weiterer Stein mehr Platz hatte, blickte er ernst in die Runde und fragte: „Ist der Krug voll?" - Alle antworteten fast einstimmig: „Ja!"

Der Professor wartete einige Sekunden und fragte nach: „Wirklich voll?" - Die Zuhörer rutschten unruhig hin und her und schauten einander stirnrunzelnd an.

Sogleich langte der Professor erneut unter das Pult und plazierte einen mit Kies gefüllten Becher neben dem Glaskrug. Langsam schüttete er den Becher über die grossen Steine und rührte leicht um. Der Kies verteilte sich rasch zwischen den grossen Steinen und sank bis auf den Grund des Kruges.

Wieder schaute der Professor zu seinen Zuhörern und fragte: „Ist der Krug jetzt voll?" Die cleveren Kaderleute glaubten, diesmal den Sinn der Darbietung zu verstehen und antworteten: „Wahrscheinlich nicht!" - „Stimmt!" antwortete der Professor.

Ein drittes Mal bückte sich der Professor und verschwand fast hinter dem Pult. Diesmal schwenkte er einen Eimer Sand und kippte ihn langsam in den Krug. Der Sand füllte die Räume zwischen den grossen Steinen und dem Kies auf. Die Zuhörer glaubten die Frage im voraus zu kennen: „Ist der Krug endlich voll"? - Gewitzt durch den bisherigen Verlauf antworteten die Zuhörer im Chor: „Nein!" - „Gut!" antwortete der Professor. Und als hätten die Seminarteilnehmer nur darauf gewartet, packte er eine Wasserkanne und füllte den Krug auf bis an den Rand. Dann blickte er auf und fragte: „Wir sind uns gewiss einig, dass der Krug jetzt wirklich voll ist! Aber was können wir aus diesem Experiment lernen?"

Ein forscher Teilnehmer meldete sich: „Daraus lernen wir, dass wir immer noch einen Termin einschieben können, selbst wenn wir annehmen, unser Zeitplan sei schon voll."

„Nein!", antwortete der Professor, „darum geht es nicht." Die anderen Teilnehmer hatten offenbar ähnlich überlegt und schwiegen betreten. Es meldete sich niemand mehr zum Wort.

„Was wir wirklich aus diesem Experiment lernen können", führte der Professor aus, „ist folgendes: Wenn man die grossen Steine nicht als erstes in den Krug legt, werden später niemals alle hineinpassen, und der Krug nimmt schliesslich weniger auf!"

„Für die Zeitplanung heisst das: nachdem Sie die Aufgabe gegliedert haben, widmen Sie sich vorrangig den wichtigen, grossen Brocken und bringen sie in eine zeitliche Folge. Nachher die mittlgrossen und zuletzt die unwichtigen, kleinen Elemente der Aufgabe. So werden Sie in der verfügbaren Zeit am meisten bewältigen können oder umgekehrt: für die gesamte Aufgabe am wenigsten Zeit brauchen! Also ist es wichtig, die einzelnen Aufgabenteile nach Massgabe ihrer Wichtigkeit zu separieren und erst dann zu planen!"

Die Zuhörer nickten stumm und schienen die Folgerung begriffen zu haben. Stille senkte sich in den Raum.

Der Professor fuhr indessen weiter: „Bedenken Sie, dass dieses Experiment Ihnen nicht nur bei der Zeitplanung helfen kann. Wie ist es denn im Leben? Was sind in Ihrem Leben die grossen Kieselsteine? Die

Gesundheit? Die Familie? Die Freunde? Die Realisierung von Träumen? Reich zu werden? Ruhm zu erlangen? Dazuzulernen? Oder etwas ganz anderes? - Es ist nicht egal, ob man die Familie oder den Reichtum als grossen Stein empfindet. Das verdient, ernsthaft und sorgfältig überlegt zu werden, und zwar zum voraus."

„Dann aber ist ebenso wichtig, dass man die grossen Steine in seinem Leben an die erste Stelle setzt und sie vorrangig behandelt. Wenn nicht, läuft man Gefahr, sein Leben nicht zu meistern. Wer zuallererst auf weniger Wichtiges oder gar auf Kleinigkeiten achtet (Kies, Sand), verbringt sein Leben mit Nebensächlichkeiten und hat keine Zeit mehr für wichtige Dinge. Deshalb vergessen Sie nie, sich selbst immer wieder die Frage zu stellen: ‚Was sind die grossen Steine in meinem Leben?' Dann legen Sie diese zuerst in Ihren Lebenskrug!"

Der Professor grüsste seine nachdenklich gewordenen Zuhörer, verabschiedete sich und verliess den Saal.

Die andere Welt! - Die Anderswelt!

Er war ein Mann gegen die sechzig und lebte seit etwa zehn Jahren in einem Häuschen mit kleinem Garten in der Vorortsgemeinde einer grösseren Stadt, wie noch so viele andere. Nun gab es ein paar Eigenheiten, die den Mann von den Mitbewohnern der Gemeinde recht deutlich unterschieden. Das merkten allerdings nur die, die näher hinschauten, sei es aus Neugier oder aus Aerger.

Also: Da war einmal der Garten, den der Mann recht intensiv nutzte, indem er Salate und Gemüse, Früchte und Obst zog. Das machte eigentlich sonst niemand hier, es war fast ein wenig verpönt. Man bevorzugte niedliche Ziergärten, mit fein getrimmtem Rasen und einem Grillplatz für das Wochenende. Der Mann könnte doch seinen Nahrungsbedarf auch im nahen Supermarkt kaufen gehen… ja, warum eigentlich tat er das nicht? Das Quartier würde dann doch so putzig einheitlich aussehen…

Dann die Hinweistafel am Eingang: ‚Rudolf und Chumani H. - Lebensberatung - Die andere Welt - Die Anderswelt' stand da zu lesen. Etwas seltsam Esoterisches, dachte man, unter dem man sich sowieso nichts vorstellen konnte. Aber das war nicht das eigentliche Aergernis. Anstoss wurde vielmehr daran genommen, dass der Mann offenkundig berufstätig war, in seinem Wohnhaus erst noch, und nicht wie alle anderen in der nahen Stadt einer ‚seriösen' Beschäftigung nachging.

Die Jakobsmuschel neben der Hinweistafel fiel ebenfalls auf. Darunter hiess es: ‚Pilgerrast! - Willkommen!' Es gab zwar einige, die gehört hatten, ihr Dorf liege am Jakobsweg, aber so recht erklären konnte das kaum einer. Deshalb rundete die Muschel halt das einprägsame Bild ab... ‚Ein komischer Kauz - warum ist der überhaupt hierher gekommen?'

Dabei passte der ‚seltsame Kauz' in Kleidung und Auftreten fugenlos in die ansässige Bevölkerung. Nicht wenige hatten wegen der komischen ‚Beratung' erwartet, er würde guruhaft in langen Gewändern und mit mächtigem Haupt- und Barthaar erscheinen. Gebildet und einigermassen wohlhabend musste er sein, darin war man sich einig. Gleichwohl wirkte er bescheiden und gleichzeitig zurückhaltend-gediegen. Er war gewiss sehr naturverbunden und legte absolut keinen Wert auf Äusseres..., ein rares Exemplar in einer Umgebung, die sich vorwiegend über Geld und Konsum definierte.

Das allerseltsamste aber kommt noch... und das drängte die Dorfbewohner in einen regelrechten Erklärungsnotstand, ja in die zwanghafte Forderung - wenn auch bisher nur gedanklich - hier sei unbedingt mal Klarheit zu schaffen. Das war nämlich die Frau des besagten Mannes! Sie sah fremdartig aus und unterschied sich sogar von den vielen Einwanderern aus fremden Ländern, die einem unterwegs und in der Stadt begegneten... gottlob hatten sie das Dorf bisher gemieden! Die Frau war hochgewachsen, schlank, mit pechschwarzem, langem Haar und einer matt-dunklen Haut... eine unaufdringliche, natürliche Schönheit von etwa fünfzig Jahren, der die charakteristischen Kleider

besonders gut standen, die man reflexartig den indianischen Kulturen zuwies. Die Frau half mit in Haus
und Garten... ,Vielleicht auch im Beruf des Mannes?
Hatte sie sogar etwas mit der angepriesenen Lebensberatung zu tun...? Mit den vielen Kräutern, die im
Garten sorgfältig gehegt wurden...? Also... wie
kommt so eine nur hierher?'

Zu guter Letzt beobachteten die braven Bürger stirnrunzelnd auch noch die Besucher jenes Hauses, die
da offenbar Rat suchten. Merkwürdige Gestalten waren das ab und zu, Männer in wallenden Gewändern
und langem, gelocktem Haar - und Frauen mit einem
grossen roten Punkt auf der Stirn. Dass indessen die
meisten ganz so aussahen wie die besorgten Beobachter, wurde geflissentlich ausgeblendet, ebenso wie
die ganz ,normalen' Wanderer, die auf ihre schweren
Rucksäcke die Jakobsmuschel geheftet hatten und
gerne hier rasteten. Da war es doch viel naheliegen-
der und spannender, auf Leute zu hören, die felsen-
fest behaupteten, sie hätten sogar wirkliche Indianer
mit Adlerfedern auf dem Kopf hineingehen sehen...
denen man des Nachts hoffentlich nie begegnen
musste...

Nach und nach wurden allerhand Gerüchte gebraut,
denen alle ihre ganz persönliche Würze beimischen
konnten... ein jeder überzeugt von der hohen, vorgeb-
lich allseits anerkannten Qualität seiner Braukünste.

*

Arthur liebte die Wanderungen auf dem Jakobsweg.
Er begab sich jeweils auf passende Abschnitte, die er

aneinanderreihte und die ihm nach und nach die unendliche Vielfalt der Landschaften, Menschen und Stimmungen offenlegten, die diesem Weg eigen sind.

Eines Tages kam er in just die besagte Vorortsgemeinde. Es war um die heisse Mittagszeit, und so zog ihn die einladende Hinweistafel mit der Jakobsmuschel richtig an. Er setzte sich in die gemütliche Laube, in der alles für Durst und Hunger bereitstand. Ein kleiner Pfeil wies sogar den Weg zur Toilette hinter dem Haus. Ein kleines Sparschwein ermunterte diskret zu einem Unkostenbeitrag. Alles war sauber und einladend. Die Erinnerungsbilder an den Wänden liessen Arthur annehmen, dass der Gastgeber wohl selbst schon auf dem Jakobsweg gewesen sein musste und aus barer Sympathie diese gastliche Stätte hergerichtet hatte.

Arthur atmete tief durch und bediente sich. Er war vorderhand der einzige Pilger. Er genoss das ruhige und gepflegte Ambiente. Es störte ihn nicht, alleiniger Gast zu sein, und er vermisste auch den Gastgeber nicht, das war an derartigen Rastplätzen schliesslich so üblich. Er hing still seinen Gedanken nach.

Der Hinweis auf die ‚Lebensberatung' war ihm nicht entgangen. Er erinnerte sich an Freunde, die die Dienste von Rudolf H. bereits beansprucht hatten und des Lobes voll waren über den ‚Heiler', wie sie ihn nannten. Sie priesen, dass er sehr einfühlsam war und für alles die richtigen Worte fand. Sein Wissen schien umfassend und beeindruckend. Einige hatten versucht, etwas über sein bisheriges Leben, über die Quellen seiner Fähigkeiten zu erfahren, dabei aber festgestellt, dass er auf einmal wortkarg wurde und unmittelbar das Thema wechselte. So umgab ihn etwas Geheimnisvolles, das durch die fremdartige schöne Frau noch unterstrichen wurde, der zu begegnen bloss einigen wenigen vergönnt war.

Arthur musste sich eingestehen, dass er gerne auch einmal an den ‚Heiler' gelangen würde. Wenn er dabei sogar in das viel beschworene ‚Geheimnis' leuchten könnte… um so besser. Das war indes bestimmt nicht für heute…

Arthur erhob sich, liess den Rastplatz ordentlich zurück, wie er ihn angetroffen hatte und machte sich auf den Weg, nicht ohne das Schweinchen angemessen gefüttert zu haben.

*

Arthur dachte später gerne und oft an diese Pilgerrast zurück. Die Person Rudolf H. liess ihn auch nicht los, er beschäftigte sich mehr und mehr mit ihr. Im Gefolge eines Todesfalls in der Familie, der ihm sehr nahe gegangen war, war er entschlossen, den Mann aufzusuchen und ihn um Unterstützung in seiner Trauerarbeit zu bitten.

Er vereinbarte einen Termin und begab sich zur kleinen Gemeinde, die zum Glück gar nicht weit von seinem Wohnort entfernt war. An der vertrauten Laube vorbei wies ihn ein Schild zur Praxis, wo er in einem stillen Warteraum Platz nahm. Durchs Fenster erhaschte er einen flüchtigen Blick in den Garten und beobachtete eine Frau, die sich geschickt und zügig der Pflanzen annahm. Das musste sie sein... die Ehefrau von Rudolf H.!... dachte er.

Im selben Moment öffnete sich die Tür, und Rudolf H. bat ihn ins Sprechzimmer. Nur kurz sprangen ihm die übervollen Bücherwände ins Auge. Arthur fühlte sich spontan gut aufgehoben. Das Gespräch verlief angenehm und hilfreich. Es gelang Rudolf H., Arthur auf Zusammenhänge hinzuweisen, die er vordem nicht bedacht hatte und die er nun als sehr wichtig erkannte. Ein Todesfall war ja der direkte Anlass gewesen für die Konsultation, und da lernte er nun, wie eng der Tod mit dem Leben verwoben war und wie sehr er einer natürlichen Heimkehr in den Urgrund und Ursprung des Menschseins gleichkam. „Deshalb", so erläuterte Rudolf H., „sind die Verstorbenen nicht einfach verschwunden, nein, sie sind immer noch da, auf eine andere Art freilich, aber für uns zugänglich und erreichbar. Sie sind zwar nicht mehr in dieser Welt, sondern eben in der Anderswelt, aber die Grenze dazwischen ist weder starr noch unüberwindlich. Machen Sie den Versuch, Ihre Gedanken dem Verstorbenen zu übermitteln... es wird hilfreich für Sie sein, und die Antworten werden Sie beruhigen und trösten!"

Rudolf H. ergänzte: „Die Verstorbenen begleiten uns, auch wenn sie sich nun in der Anderswelt aufhalten. Darin liegt der tiefere Sinn der Ahnenverehrung bei den Naturvölkern. In unserer rational geprägten Leistungsgesellschaft ist das bedauerlicherweise verpönt, ja anrüchig, und man will nicht einsehen, was uns damit entgeht! So manches, was wir seit der Aufklärung angestellt haben, würde anders aussehen, wenn wir uns ab und zu bemüht hätten, bei unseren Ahnen nachzufragen!"

Arthur spürte eine wohltuende Ruhe in sich aufkommen. Was er soeben vernommen hatte, war neu für ihn. „Wirklich neu?"... fragte er sich sogleich. „Vielleicht hat solches Wissen ganz einfach geschlummert in mir, als ob ich es vergessen - oder vielleicht eher gar verdrängt - hätte?"

Arthur fühlte sich jedenfalls befähigt, mit dem Todesfall besser umzugehen. Denn so betrachtet, erwiesen sich Alter und Tod nicht mehr als blosses Ende, sondern als ein Ergebnis, das seinen Wert in der diesseitigen Welt über das physische Ableben hinaus behält. Das empfand er als sehr tröstlich.

Rudolf H. hatte ihn beeindruckt. Er empfand ihn als gelassen-geduldig… und dennoch als höchst aufmerksam und aufnahmefähig. Offenbar spürte der Mann spontan die angemessene Erläuterung für sein Gegenüber. Zudem hatte Arthur das vage Gefühl gegenseitiger Sympathie.

Arthur war mehr als zufrieden über den Besuch. Er nahm sich vor, Rudolf H. bei nächster Gelegenheit wieder zu treffen und dafür Fragen aufzuschreiben, die ihn weiter beschäftigten. Immerhin hatte er jetzt eine Ahnung davon, was mit der ‚Anderswelt' gemeint war, aber was mochte dann die ‚Andere Welt' sein, die auf dem Praxisschild ebenfalls vermerkt war?

Natürlich war seine Neugier noch mehr angestachelt, irgendwann auch etwas über den Lebenslauf von Rudolf H. zu erfahren... er sprach sich Geduld zu...

Der Jakobsweg würde der Aufhänger sein!... nahm sich Arthur vor. - Er vereinbarte bald eine nächste Begegnung. - Im Gespräch lobte er beiläufig die gepflegte Pilgerrast, verbunden mit der Frage, ob Rudolf H. denn auch schon auf diesem Weg gewandert sei.

„Ja, gewiss!", entgegnete dieser, sichtlich zufrieden mit dem Lob. „Nach meinen vielen Wanderungen auf den üblichen Pfaden bin ich plötzlich auf die Jakobswege aufmerksam geworden. Auf ersten Abschnitten machte ich verblüffende Erfahrungen, die ich nie mehr missen möchte!"

„Wie sind Sie denn darauf gekommen? Und was für Erfahrungen machen Sie?"

„Es ist etwas Besonderes, auf diesen jahrhundertealten Wegen zu schreiten, im Bewusstsein, dass uns hier Abertausende vorausgegangen sind. Mir ist, als ob man eine spezielle Energie spüre. Jedenfalls beflügelt sie mich zu Gedanken und Einsichten, die mir andernfalls verschlossen blieben. - Wie ich darauf gekommen bin? Ja, das ist eine lange Geschichte, die ich Ihnen ein andermal gerne erzähle. Ich behalte sie zwar am liebsten für mich, aber bei Ihnen könnte sie gut aufgehoben sein, zu Ihnen habe ich Vertrauen."

Arthur fühlte, dass sich die gegenseitige Sympathie vertieft hatte und freute sich auf die weiteren Gespräche, die nun meist ausserberuflich, in zwanglosem Rahmen stattfanden.

„Sie dürfen wissen," hob Rudolf H. bei der nächsten Gelegenheit an, sie hatten sich im gemütlichen Wohnzimmer niedergelassen, „dass ich vor nicht allzu langer Zeit überhaupt nicht der war, der Ihnen heute gegenüber steht. Ich bin inzwischen in eine völlig andere Welt gelangt!"

Arthur hütete sich, den Mann zu unterbrechen, der nun offensichtlich tief in seine Erinnerungen eintauchte und versuchte, möglichst klar und verständlich zu berichten.

„In Elternhaus und Schule hat man mir beigebracht, wie wichtig die eigene Leistung ist, wie sehr man damit zum Fortschritt beiträgt und wie hinderlich das Ueberlieferte und die Gefühle sein können. Damit war vorgegeben, was erstrebenswert sei: jederzeit ein guter Leistungsausweis, eine geachtete berufliche Stellung, ein hohes Einkommen. In einer Bank stieg ich rasch auf, übernahm laufend mehr Verantwortung. Gleichzeitig sah ich so manches, das mich störte und mich bedenken liess, ob das denn überhaupt nötig und korrekt sei, obschon es natürlich den angeordneten Erfolg sicherte. Anfänglich schaute ich einfach weg und hielt mich an die Verhaltensmuster, die mir von Kindsbeinen an vertraut waren. Zudem stellten meine Frau und der Sohn Ansprüche, die ich anders nicht hätte erfüllen können.

Viele Jahre vergingen. Ich verdiente vortrefflich, meine Bank florierte, und mein Umfeld beglückwünschte mich zu meiner Position. Ich verhehle nicht, oft rücksichtslos, gierig und wenig anständig gehandelt zu haben. Leider - erkenne ich rückblickend - befand ich mich dabei in guter Gesellschaft.

Unverhofft geschah etwas Seltsames. Auf einer Ferienreise durch Nordamerika lernte ich die Kultur der ursprünglichen Bewohner, also der Indianer und der Inuit kennen. Und da geschah Erstaunliches: Gespräche und Schriften der Ureinwohner kontrastierten in schier unglaublicher Weise mit denjenigen der herrschenden Weissen! Es war, als ob nicht das gleiche Thema behandelt würde!... so unterschiedlich, ja unvereinbar waren die Berichte aus den zwei Lagern.

Das liess mir keine Ruhe. Ich vertiefte mich ernsthaft in die Anschauungen der Ureinwohner und merkte schnell, wie weise und abgeklärt sie argumentierten. Die Kluft zwischen ihnen und der heute etablierten staatlichen Ordnung tat sich immer mehr auf und wurde mir rätselhaft. Ich folgerte bald, dass die Weissen etwas absichtlich herabminderten und geringschätzten, ungeachtet aller Fakten und Wahrheiten. Denken Sie nur mal an den hohen Anspruch der US-Verfassung, in vorbildlicher, wenn nicht einmaliger Weise die Rechte und Freiheiten der Menschen zu garantieren... und dann die Realität der verachteten Schwarzen und der nahezu ausgerotteten Urbewohner! Da ging es offenbar um nichts als die Macht und die kalte Vorherrschaft der Weissen!!"

Arthur hörte gespannt zu. Eine neue Welt tat sich für ihn auf.

„Es ist beeindruckend und aufwühlend," so Rudolf H. weiter, „die Aussagen von Urbewohnern nachzulesen, seien sie aus dem heutigen Tagesgeschehen oder aus den Zeiten der beginnenden Unterdrückung im 16./17. Jahrhundert. Wenige Zitate werden Ihnen veranschaulichen, woran ich denke: ‚Wir verstehen nicht, was die Weissen wollen, wenn sie sich in grossen Siedlungen zusammenrotten und die Natur ausgrenzen,' hört man immer wieder. Geradezu prophetisch muten Stellungnahmen aus dem 19. Jh. an: ‚Wenn die Weissen so weitermachen, ist die Zeit nicht mehr fern, da sie keine Luft zu atmen, kein Wasser zu trinken und keinen Boden zu bepflanzen mehr haben werden.' Durch blutige Massaker an Alten, Frauen und Kindern haben die Weissen tiefe Gräben aufgerissen, aber auch durch eine systematische Diffamierung und Marginalisierung von Völkern, die sie als minderwertig und nicht lebenswert einstuften… gar als seelenlos, den Tieren ähnlich. Dabei wird ausgeblendet, dass die Pioniersiedler aus der Zeit der „Mayflower" nur dank der Hilfe von Ureinwohnern überleben konnten… dass es buchstäblich keinen Vertrag gibt, der von den Weissen nicht gebrochen wurde… dass die US-Gründerväter Jefferson und Paine von den Irokesen beraten wurden, die das Einvernehmen unter verschiedenen Stämmen nach uralten modellhaften Einsichten regelten, welche die neu entstehende Demokratie der Weissen inspirierten und bereicherten."

Rudolf H. hielt kurz inne, neu überwältigt von der Reichhaltigkeit der Botschaften, die ihm doch so vertraut waren, um dann fortzufahren:

„Ich gestehe, dass mich all das regelrecht packte und erregte, zumal ich dauernd auf Fragen stiess, die für uns Westliche hochaktuell sind und die von den Ureinwohnern auf wundersame Weise von altersher gelöst scheinen: der Schutz der Umwelt, die naturnahe Produktion von Lebensmitteln, die Oekologie insgesamt, der respektvolle Umgang mit Tieren, der Vorrang der gemeinschaftlichen Interessen, die Einstellung zum Tod und zu den Verstorbenen, die engen Bande zwischen Diesseits und Jenseits. Und wenn ich mir dann vor Augen hielt, wie hilflos wir in unseren ‚fortschrittlichen' weissen Kulturen mit diesen Fragen umgehen, musste ich mir sagen, dass es doch einen Weg geben musste, mein Hamsterrad zu verlassen und etwas zu tun, das mir besser hilft und mich befähigt, auch anderen zu helfen… in kleinem Rahmen vielleicht, aber greifbar und nachhaltig. Es war mir klar, dass es nicht darum gehen konnte, die Welt der Ureinwohner in meiner Heimat auferstehen zu lassen. Aber es schien mir sinnvoll, mich von jener Lebensweise inspirieren zu lassen für eine Tätigkeit, die anständig und menschenwürdig ist und sich um das Nächstliegende kümmert."

Wieder entstand eine Pause. Da öffnete sich leise die Tür, und die Ehefrau von Rudolf H. gesellte sich zu den beiden. Rudolf H. stellte sie vor. „Das ist Chumani, meine Frau. Sie ist eine Lakota, von der Nation der Sioux, ihr Name bedeutet ‚Tautropfen'"! Sie und Arthur begrüssten sich respektvoll. Arthur spürte ihre würdevolle Ausstrahlung fast körperlich.

Rudolf H. fuhr fort: „Ich habe Chumani auf meinen vielen Reisen kennen gelernt. Unsere Liebe stellte mich vor neue Herausforderungen. Dank dieser Frau ist mein Bild über die faszinierende Kultur der amerikanischen Ureinwohner abgerundet worden. Meine bisherige Lebensweise war damit mehr und mehr in Frage gestellt, und es bereitete mir zusehends Mühe, einfach so weiterzuleben wie bisher.

Bald gab ich meine Stelle auf, das war vor über zehn Jahren. Das Unverständnis und die Vorwürfe meiner Familie und der Kollegen empfand ich als ungerecht und so gar nicht entgegenkommend, aber mit der Zeit immer weniger störend. Wenigstens sehe ich meinen Sohn noch regelmässig. Meine zweite Frau - wir haben bald danach geheiratet - unterstützte mich verständnisvoll und ist mir auch hierher gefolgt. Sie hat mir viel zur naturnahen Produktion von Lebensmitteln, sowie zu einer wirksamen, gut verträglichen Medizin beigebracht. Ich habe seither viele Parallelen zwischen den Indianern und Inuits und anderen Urvölkern herausgefunden, wie etwa den Maori oder den Aborigines. Auch bei den Urvölkern Afrikas, Sibiriens und Japans, oder etwa bei den Kelten findet man viele wesensverwandte Züge. Ein Höhepunkt war zweifellos meine Begegnung mit Serge Kahili King auf Hawaii, er ist seither mein grosses Vorbild!

Wenn ich zurückblicke", sinnierte Rudolf H., „war es eine schmerzhafte Erkenntnis, wie sehr die menschlichen Kontakte im Westen über Beruf und Status festgelegt sind. Fallen diese Attribute weg - oder erscheinen sie unwürdig - bricht auch die menschliche Verbindung ab… das empfand ich als sehr traurig! Denn trotz allem hatte ich in den beruflichen Beziehungen immer auch das Menschliche gespürt und gepflegt... vergeblich, wie sich damit herausstellte...

Wir beschlossen, uns hier einzurichten, alles neu zu beginnen und unsere Dienste anzubieten. Dabei heben wir bewusst die Kräfte und Möglichkeiten einer ‚anderen Welt' hervor, die sich vom einseitigen Verstandesdenken und der Vorherrschaft des Materiellen abwendet und Raum öffnet für das gemeinschaftliche Ganze. - Die ‚Anderswelt' wiederum verhilft uns dazu, die Probleme einer linearen Vorstellung der Zeit zu ermessen, mehr zyklisch zu denken und das laufend Wiederkehrende in der Natur wahrzunehmen..., was zwangsläufig unsere Haltung zu Geburt, Leben und Tod entkrampft."

Chumani hatte bisher geschwiegen, aber aufmerksam zugehört und aus dem Augenwinkel oft Arthur beobachtet. Sie war sichtlich bemüht, den Redefluss ihres Mannes nicht zu unterbrechen. Aber jetzt, in der eingetretenen Pause, wandte sie folgendes ein:

„Wir haben gemeinsam eine sehr interessante Aufgabe übernommen. Es ist wahrlich eine spannende Herausforderung! Sehen Sie, es gibt so vieles in unserer indianischen Kultur und Lebensweise, das aktueller ist denn je, für uns und alle Menschen dieser Welt. Die Weissen erkennen das erst nach und nach... und nur zögernd, sind sie sich doch bewusst, dass ihr damaliger Machtrausch uns ‚Primitiven Wilden' nichts Wertvolles zugestehen konnte... so viel schlechtes Gewissen hat sich da angehäuft! Langsam dringen jedoch die Wahrheiten durch. Mir scheint, es seien Anzeichen einer grossen Umwälzung vorhanden, eine Art flammender Zeichen an der Wand, die unübersehbar sind, auch wenn allzu viele Menschen dank vordergründig bequemer Lebensweise noch nicht hinsehen wollen.

Die Fragen, die unsere Besucher stellen, sind aufschlussreich. Eine Ohnmacht, eine Ratlosigkeit, ein Misstrauen gegenüber den Mantras der Politiker ist mit Händen greifbar. Da wird es um so wichtiger, im persönlichen Bereich aufzuräumen und mit sich und seinen Nächsten in Harmonie zu leben."

Chumani äusserte das ebenso ruhig und gelassen wie ihr Mann, völlig unaufdringlich und mit einer auffallend abgeklärten Sicherheit. Ihr Mann nickte ihr aufmunternd zu und warf ein: „Erzähle doch etwas über das Zusammenleben in Euren Gemeinschaften, die ja doch auch recht eigenständig waren… eine wichtige Frage für die westlichen Demokratien, die verzweifelt erkennen, wie schwierig divergierende Interessen zu bündeln sind! - Und vielleicht fügst Du noch etwas an zum grossen Thema der Medizin?"

Chumani nahm den Faden auf. „Es ist im Westen wohl zu wenig bekannt, welche überzeugenden Formen des Zusammenlebens die Urbewohner - ich meine damit immer die sogenannten ‚native americans' oder ‚Indianer' - schon vor Jahrhunderten gefunden hatten. In ihrer Grundhaltung waren sie bescheiden und arbeitsam, lebten dennoch in angemessenem Wohlstand, hatten klare Vorstellungen von der Leistungsfähigkeit und Belastbarkeit der Natur, in der sie lebten und waren gesund. Krebserkrankungen traten äusserst selten auf. Ihr Wertesystem war nicht darauf ausgerichtet, wie viel man zusammentragen oder welchen Rang oder Titel man erreichen konnte."

Chumani hielt kurz inne, um dann eine bedeutende historische Begebenheit aufzugreifen:

„Ein Hinweis auf die ‚Irokesen-Konföderation' ist äusserst aufschlussreich: Thomas Jefferson, der Verfasser der US-Staatsverfassung und 3. US-Präsident (1743-1826), vertiefte sich in die politischen Strukturen dieser Konföderation und pflegte enge Kontakte mit mehreren Häuptlingen. Das wurde ihm Vorbild bei der Ausarbeitung der staatlichen Verfassung der USA im Jahre 1776. Wesentliche Elemente des irokesischen Politikmodells sind in die US-Verfassung übernommen worden, nebst der Machtbegrenzung der Exekutive auch das demokratische Grundmuster, zu einer Zeit, als Europa weit von demokratischen Werten entfernt war und unter der zweifachen Fuchtel der Kirche und des Adels stand! Wesentliches Kennzeichen der Irokesen-Konföderation war die egalitäre Selbstregierung, die konsensdemokratischen Entscheidungsformen und das Prinzip der Machtteilung. Die Indianer glauben bis heute, dieses Politikmodell sei dem mehrheitsdemokratischen Verfahren der meisten westlichen Staaten überlegen…"

Arthur hörte aufmerksam zu. Alles war so interessant, und er musste einräumen, dass ihm das meiste unbekannt gewesen war.

Chumani fuhr fort: „Es gibt noch einen anderen Gründervater, der in diesem Zusammenhang erwähnt werden muss, und zwar Thomas Paine (1737-1809). Er betrachtete die Indianer als ‚Brüder', ebenso die Schwarzen. Er trat dafür ein, dass sie und übrigens auch die Frauen mit gleichen Rechten auszustatten seien. Leider drang er mit solchen Maximen nicht durch. Im Gegenteil: gegenüber uns Indianern schrieb man jetzt ‚Assimilation' auf die Fahnen. Man scheute sich nicht, die Berechtigung zur zwangsweisen Assimilation von den beschönigenden Umschreibungen ‚Manifest Destiny' (offensichtliches Schicksal) und ‚Design of Providence' (Plan der Vorsehung) herzuleiten und damit allzu durchsichtig zu bemänteln. Auf Gesetzesebene klang das im Jahr 1830 nochmals bedeutend nüchterner ‚Indian removal act', eine Ermächtigung an zivile und militärische Stellen, uns Indianer von den angestammten Gebieten zu vertreiben. In der Politiksprache nannte man uns die ‚vanishing americans'… Die US-Staatsbürgerschaft wurde uns Übriggebliebenen erst 1924 zuerkannt.

Das ist die traurige Wahrheit der leichtfertig hochgejubelten ‚Eroberung des Westens'. Man wäre besser beraten, von einem 'Dreihundertjährigen Krieg' zu sprechen. Wieviele Urbewohner davon betroffen waren, ist nur schwer in Zahlen zu fassen. Man spricht von allermindestens 1-2 Millionen, möglicherweise waren es 18 Millionen. Erstaunlicherweise ist die schwer bedrängte Population heutzutage wieder auf über 2 Millionen angewachsen!"

Die Frau brachte ihre Argumente sehr engagiert vor. Aus dem Mund eines direkt betroffenen Menschen wirkte das um so nachhaltiger. - Rudolf H erinnerte seine Frau sachte an das Thema der Medizin… Chumani schmunzelte und erzählte:

„Ja, vielleicht dazu noch folgendes: Die geachtete Stellung der Frau, die klar geregelt war, habe ich bereits erwähnt. Für die Schwangerschaft und die erste Zeit nach der Geburt wurden die Frauen geschont und konnten auf die Hilfe der Verwandten und Freunde zählen. Sie betreuten wichtige Aufgaben in der Führung des Haushalts, in der Verarbeitung der Ernten und der erlegten Tiere, sowie in der Lagerung der Vorräte. Man kannte zwar die Ehe mit mehreren Frauen, die häufig Schwestern waren, allerdings mit unzweideutigen Verantwortlichkeiten. Prostitution - mittlerweile ein sehr grosses Geschäft in allen westlichen Kulturen - war unbekannt.

Unter den frühen weissen Siedlern war die Müttersterblichkeit weit verbreitet, ein Phänomen, das bei den Indianern unbedeutend war. Bauch- und Unterleibserkrankungen, die bei weissen Frauen zu peinvollen Beschwerden führten, waren fremd. Interessanterweise wurden solche Krankheiten bei weissen Pioniersfrauen erfolgreich mit indianischen Methoden beseitigt! Das wollten Schulmediziner damals und heute überhaupt nicht zur Kenntnis nehmen. Es war absurd: die weissen Frauen nahmen bei der Geburt ein ausserordentlich hohes Risiko auf sich, und da Geburtenregelung völlig unbekannt war, bedeuteten die häufigen Schwangerschaften eine so akute Lebensbedrohung, dass allein schon der Geschlechtsverkehr in Verruf kam. Die indianische Familie kannte solche Probleme nicht. Geburtenregelung war durch zahlreiche pflanzliche Ovulationshemmer möglich, die Müttersterblichkeit existierte praktisch nicht, und Indianerfamilien zeugten in der Regel gerade so viele Kinder, wie den Lebensumständen nach geboten schien. Deshalb war auch ihr Geschlechtsleben - im Gegensatz zu weissen Familien, wo die religiöse Drohung durch die Erbsünde den Sexualtrieb verteufelte - völlig unkompliziert, unbelastet und natürlich."

Arthur hatte aus den lange zurückliegenden Zeiten der abenteuerlichen Züge weisser Siedler Richtung Westen vernommen, dass Schussverletzungen, Wundbrand und Amputationen an der Tagesordnung waren. Er fragte Chumani nach ihrer Meinung.

Chumani erwiderte: „Von Amputationen durch indianische Heiler ist nichts bekannt. Weisse, darunter auch Ärzte, die längere Zeit mit ihnen zusammenlebten, behaupteten, dass die häufigen Amputationen in der Regel auch nicht nötig gewesen wären, denn die indianischen Mediziner hätten es bei nahezu allen Verletzungen verstanden, sogar schwere Blutungen zu stillen, Knochenzersplitterungen auf geradezu phantastische Art wieder zusammenzufügen, schwere Entzündungen und Vereiterungen zu heilen und Brandverletzungen zu regenerieren. Es gelang ihnen sogar, schwere innere Blutungen zu stillen, die nach allen Prognosen der zeitgenössischen Medizin tödlich hätten verlaufen müssen.

Ein Letztes vielleicht", sagte Chumani nach kurzer Pause, „Krebs, Kreislauferkrankungen und Diabetes waren bei den Urvölkern nahezu unbekannt. Es ist traurig, dass sich das unter den heutigen misslichen Lebensumständen ins genaue Gegenteil verkehrt hat. Es brauchte mehrere Jahrhunderte, bis die westliche Medizin die althergebrachten Methoden der Indianer - wie Hygiene, Quarantäne, Isolation - und ihre Wirkstoffe - z.B. Hormone, Enzyme, Vitamine, Antibiotika - , sowie ihre Gesundheitspflege und Geburtenregelung verstand. Und dass man ihre ganzheitlichen Methoden in der Psychosomatik wiederfinden würde, dass man gängige indianische Praktiken später Antisepsis, Narkose, Diätetik und Anästhesie nennen würde, konnten die Gelehrten des Abendlandes in jenen dunklen Zeiten der westlichen Kultur nicht ahnen.

Meine Eltern und Grosseltern haben mich viel gelehrt über die Heilwirkung der Pflanzen. Es ist ein weites, nicht einfaches Gebiet, das mir aber schon als Kind vertraut wurde. Bei den Pflanzen wie bei den Tieren geht es nicht nur um physikalisch nachweisbare Eigenschaften, sondern immer auch darum, wie wir als Menschen auf die Pflanzen zugehen, welche Art von Hilfe wir erwarten. Die Pflanze wird sich deshalb nicht immer gleich verhalten! - Hier in unserem Garten kann ich viele wichtige Kräuter ziehen, das hilft uns in unserer Tätigkeit."

Arthur sass gedankenversunken da. Er hatte das deutliche Gefühl, etwas vernommen zu haben, das ihn ermunterte, das ihm sagte: es gibt einen anderen Weg, es gibt eine andere Welt! Sein bisheriges Leben hatte ihn oft nachdenklich gestimmt. Je älter er wurde, desto mehr hinterfragte er so manches, was in der westlichen, rational ausgerichteten Welt seit der Aufklärung unbedenklich von Generation zu Generation weitergegeben wurde. Die etablierte Gesellschaft - so dachte Arthur - ist sich kaum bewusst, wie unkritisch sie gewisse Maximen hochhält und blindlings vertritt... und damit recht eigentlich in die Rolle schlüpft, die die Kirche vor der Aufklärung besserwisserisch mit Zähnen und Klauen verteidigte. ‚Wozu denn eigentlich?', fragte er sich, ‚wenn so viele Grundprobleme unserer Menschheit trotz allem Fortschritt ungelöst bleiben?'

Er fasste seine Gedanken summarisch zusammen, um sicher zu gehen, alles richtig verstanden zu haben. Er stiess bei den beiden auf das wohltuende Verständnis, das er im Freundeskreis allzu oft vermisste.

Rudolf H. hakte ein und sagte: „Genau das ist unser Bestreben: klar und unaufgeregt auf Zusammenhänge und Wahrheiten hinzuweisen, die gleichsam Ewigkeitswert haben, die von den Weisen aller Kulturen als gültig anerkannt waren und die erwiesenermassen auf den suchenden Menschen befreiend wirken. Wir wollen nicht bloss anprangern, im Wissen, dass die gegebene schwierige Situation in der westlichen Welt ihre Gründe hat und sich nicht kurzfristig umkrempeln lässt. Es ist bequemer, aber weniger hilfreich, einfach mit dem Strom zu schwimmen, als zur Quelle vorzudringen und die Ursprünge zu begreifen!"

Rudolf H. fuhr weiter:

„Ich bekenne mich zu den Gefühlen, die den Verstand so wunderbar ergänzen und untermauern. Ein Beispiel: wenn der westliche Mensch von Leuten hört, die mit Tieren sprechen können, verbannt er das sofort ins Land der Fabel, da ja erwiesen sei, dass Tiere keine menschlichen Laute formen können... und schon ist das Gefühl ausgeblendet! Dabei ist anzunehmen, dass ein Dialog zwischen Mensch und Tier durchaus nicht-verbal, auf emotionaler Ebene stattfinden kann... und vermutlich genau so funktioniert!... sofern man auf seine Gefühle zu hören bereit ist und offen bleibt für nicht gesprochene Signale, die von Tieren (oder Pflanzen) ausgesendet werden."

Arthur bat ihn, noch etwas mehr zur Bedeutung der Tiere in jenen Kulturen zu sagen.

Rudolf H. erläuterte: „Die Urbewohner verbinden zahlreiche Tiere mit ganz spezifischen Eigenschaften, mit Charakterbildern, die seit Urzeiten überliefert sind. So gilt der Koyote als wild, schlau und gerissen, gleichzeitig als sehr feinfühlig, als eine Brücke zwischen Mensch und Universum. Spinnen sind handwerkliche Vorbilder für die Weberinnen. Die kolossalen Bisons, ‚Tatanka' in der Sprache der Lakota, sollen ein mitleidiges Herz haben und brachten tatsächlich so manches Opfer für die Zweibeiner. - Die Urbewohner waren aus naheliegenden Gründen keineswegs Vegetarier, aber sie begegneten den erlegten Tieren achtungsvoll, im Bewusstsein, dass deren Seele mit Respekt zu behandeln war; andernfalls drohte Ungemach für den Menschen, und es darf nicht unerwähnt bleiben, dass einer der letzten grossen Inuit-Schamanen betonte, die grösste Gefahr für die Menschen lauere in einer Ernährung, die aus toten Seelen bestehe. - Der Adler schliesslich ist der Botschafter zwischen Mensch und Schöpfer. Er verkörpert Mut und Stärke, Tapferkeit und Weisheit, Freiheit und Weitsichtigkeit. Seine Federn, gebräuchlich als ehrenvolle Auszeichnung für Auserwählte, symbolisieren alle diese Eigenschaften. - In der Tradition der Urbewohner ist mit allen Tieren, in Kenntnis ihrer besonderen Merkmale, ein Dialog möglich. - Es ist immer wieder erstaunlich, wie simpel und einleuchtend die Indianer argumentieren. In bezug auf die Tiere sagen sie ganz einfach: ‚Die waren vor uns Menschen da... wir sind erst viel später auf die Erde gekommen. Das allein erheischt Respekt!'"

Rudolf H. kam jetzt nochmals auf die ‚Anderswelt' zurück:

„Es ist hilfreich, sich einmal die Situation in der Anderswelt vorzustellen, wo die Kommunikation ja auch losgelöst von der Materie stattfindet, folglich nonverbal, rein gedanklich, feinstofflich oder wie man das auch nennen will. Da gibt es keine Schlupflöcher mehr für Gedanken, die man nicht äussern will, für Unwahrheiten, die verborgen bleiben sollen. Stellen Sie sich vor, wie friedlich und zügig politische Debatten unter solchen Voraussetzungen abgewickelt werden könnten! Das bei unseren Politikern so schmerzlich vermisste Verantwortungsgefühl würde plötzlich einfach dazugehören!

Es ist halt schon so: das einseitig rationale Denken und Handeln entfernt den Menschen von seinem natürlichen Umfeld und animiert ihn zum Machtdenken, zum Machbarkeitswahn, zur egoistischen Positionsverteidigung... und zur Geringschätzung der Wahrheit, die sich aber früher oder später immer durchsetzt, sogar gegen den Zeitgeist. Das wird auch mit der liederlichen Staatsverschuldung, mit den überbordenden Ausgaben einmal so sein, die man heute leichtfertig mit ‚Sachzwängen' und ‚sozialem Gewissen' bemäntelt".

Bezugnehmend auf aktuelle Ereignisse meinte Rudolf H.:

„Das traurige Schauspiel, das wir in der Finanzwelt erleben, hat sich schon in meiner damaligen beruflichen Tätigkeit abgezeichnet. Sah meine Bank ursprünglich ihre Hauptaufgabe in der Finanzierung von gewerblichen oder industriellen Projekten, machte sich bald eine wahre Gier nach finanziellen Transaktionen breit, mit trügerischen Gewinnaussichten, die losgelöst waren von einer Wertschöpfung durch Menschenhand. Das entwickelte sich rasch zu einer Art Dominospiel: anfänglich mussten Banken Firmen retten, dann auf einmal retteten Banken Banken, und weiter ging und geht es: Staaten retten Firmen, Staaten retten Banken, Staatengemeinschaften retten Staaten... und wer rettet schliesslich die Staaten und Staatengemeinschaften? So traurig das ist und so wenig darüber gesprochen wird: natürlich der Steuerzahler, von dem zynisch angenommen wird, dass nicht er selbst, sondern frühestens seine Söhne oder dann die Enkel das Spiel durchschauen werden... und dann ist die Ursache geschickt vernebelt."

Rudolf H. schloss: „Jetzt haben wir Ihnen mehr erzählt, als ursprünglich vorgesehen war! Ihre Aufmerksamkeit und Ihr Interesse haben uns dazu ermuntert, und das ist gut so! Weitere Gesprächsrunden drängen sich förmlich auf!"

*

So kam es auch: Die Gespräche wurden regelmässig fortgesetzt. Hilfesuchende von Rudolf H. gesellten sich manchmal dazu, auch Freunde des Ehepaars und Freunde von Arthur, die bereichernd wirkten und neue Horizonte aufzeigten. Manches fand seinen Niederschlag in den Büchern von Rudolf H. und drang so langsam zu einem breiteren Publikum durch.

Die Gedanken von Rudolf H. wurden mehr und mehr beachtet und respektiert, weil er verständlich und bescheiden auftrat und weil er nicht einen neuen Menschen postulierte, sondern eine andere Weltsicht durch die Menschen, wie sie eben sind.

Die Vorbehalte der Dorfbewohner verstummten allmählich. Man war jetzt - unausgesprochen natürlich - stolz auf Rudolf und Chumani H.

Anwältin Pamela

Pamela war etwa zwölf Jahre alt, ein aufgewecktes, gescheites Mädchen. Hübsch war sie obendrein, mit ihren dunklen Haaren und dem ovalen Gesicht. Im Vergleich mit ihren Klassenkameraden war sie klein und zart. In Begegnungen mit Erwachsenen zeigte sie ein schüchternes, fast vorsichtiges Verhalten. War das ein ängstliches Misstrauen?

Die familiären Umstände waren wenig günstig. Die Eltern lebten seit langem getrennt, eine passende Lösung, um andauernde, quälende Streitereien zu vermeiden. Pamelas Heim befand sich bei der Mutter, aber die Wochenendbesuche beim Vater waren ihr hoch willkommen. Die Mutter vermochte ihr nur wenig zum sinnvollen Umgang mit anderen Menschen - und den damit verbundenen reichen und warmen Gefühlen - mitzugeben. Der Vater verhielt sich liebevoll und besorgt, hatte aber wenig männliche Autorität und vermittelte Pamela kaum den soliden, griffigen Halt für das tägliche Leben. Die Kontakte zu den Grosseltern und anderen Familienmitgliedern litten ebenfalls darunter. Man traf sich selten, kannte sich kaum und begegnete sich bei den seltenen Gelegenheiten mit Zurückhaltung, wenn nicht gar mit Vorurteilen.

Im Laufe der Zeit sah Pamelas wacher Geist in dieser unseligen Lebenssituation erstaunlich, fast schon beängstigend klar, welche Rollen ihre Eltern spielten, was echt und was vorgeschoben war. Ja man glaubte sogar wahrzunehmen, dass Pamela ihr Denken und Handeln geschickt zum eigenen Vorteil ausgestaltete.

Darin war nichts Kindliches mehr zu erkennen. Von aussen betrachtet drängte sich die Frage auf, wie viele unerfüllte Kinderträume hinter dieser „erwachsenen" Fassade verborgen waren. Wann würden sie sich Luft schaffen? Um welchen Preis?

In der Schule begannen Lehrer und Kameraden von der Berufswahl zu sprechen. Was würde Pamela wohl für eine Entscheidung treffen? Was wäre für sie erstrebenswert?

Die Meinung der Mutter sollte hier klar dominieren. Im langen Scheidungsstreit konzentrierte sich die Mutter einäugig auf das Geld, das für sie dabei herausspringen würde und verwickelte Anwälte, Freunde und Verwandte in mühselige, sterile und endlose Argumentationen, ungeachtet der mehr als fragwürdigen Erfolgsaussichten. Es war naheliegend, der Tochter zu empfehlen, Anwältin zu werden. „Dann kannst Du Dich wehren, solltest Du jemals in meine Lage kommen... dann musst Du nicht unten durch, wie es mir jetzt aufgezwungen wird, musst nicht mehr Rücksicht nehmen. Dann kannst Du viel Geld verdienen... und Dich schön anziehen und die Leute beeindrucken."

Pamela erschienen die mütterlichen Argumente plausibel. Sie übernahm den Berufswunsch der Mutter und erklärte fortan mit trotziger Strenge überall: „Ich will Anwältin werden."

Eines Tages, Pamela war auf dem Weg zur Schule, gesellte sich unversehens ein älterer Mann zu ihr. Er war ganz plötzlich einfach da, Pamela hatte ihn gar nicht kommen sehen. Er trug einen altmodischen Hut, und ein Spitzbart zierte sein freundliches Gesicht, aus dem liebe, strahlende Augen auf Pamela herabsahen. „Habe ich dieses Gesicht nicht irgendwo schon gesehen?", fragte sich Pamela, und sie empfand den Mann nicht als fremd, sondern als merkwürdig vertraut.

„Wir haben den gleichen Weg, weisst Du. Ich habe heute auch in der Schule zu tun, und wenn es Dir nichts ausmacht, können wir gemeinsam hingehen." Pamela hatte nichts einzuwenden und nickte nur stumm. Ein paar Schritte weiter fragte der Mann: „Was willst Du machen, wenn Du aus der Schule kommst? Bestimmt redet Ihr jetzt oft darüber!" Pamela verdrängte die Frage, woher der Mann denn das so genau wisse und erklärte laut und bestimmt, wie sie das fast schon gewohnt war: „Anwältin will ich werden, eine gute Anwältin, auf die man hört und die viel Geld verdient."

„Aha, Anwältin, ein interessanter, aber auch anspruchsvoller Beruf… Das wirst Du bestimmt können, gescheit wie Du bist." Pamela fühlte sich ein bisschen geschmeichelt und sah sich vor vielen Menschen, die ihr respektvoll zuhörten und ihre schönen Kleider bewunderten. Da vernahm sie wieder den alten Mann: „Zu diesem Beruf gehört viel Wissen, das Du Dir in arbeitsreichen Jahren wirst aneignen müssen. Das wird aber nicht genügen! Ausser dem Wissen, das Du brauchen wirst, wie der Handwerker seine Werkzeuge, ist eine Bildung erforderlich, die weit über das Berufswissen hinausgeht!"

Pamela staunte. Bildung? Das hatte sie zwar schon mal gehört, aber dass das bei der Berufswahl wichtig sein solle, das war ihr ganz neu. „Was ist denn das: Bildung? Lernt man das in der Schule, wie das Wissen?" - Der alte Mann erwiderte: „Das erkläre ich Dir beim nächsten Mal gerne!"

Die beiden waren mittlerweile bei der Schule angekommen. Ehe sich Pamela verabschieden konnte, war der Mann im Eingang verschwunden. Für eine kurze Weile sah sie noch die Bewegung seines Rückens und des altmodischen Huts, dann war er weg. Pamela eilte ihm nach, gab es aber rasch auf. Merkwürdig, und dabei ist er nicht die Treppe hinaufgegangen und auch nicht in ein Zimmer eingetreten…

Pamela dachte während der folgenden Tage viel über dieses Gespräch nach. Aus einem vagen Grund zog sie es vor, den Eltern und ihren Freundinnen vorerst nichts davon zu erzählen. Ständig dachte sie an den alten Mann und fragte sich, wann sie ihn wohl wiedersehen würde. Denn das mit der Bildung, das musste schon wichtig sein, wenn man es als Anwältin unbedingt brauchte.

Es mochten etwa zehn Tage vergangen sein, Pamela war auf dem Schulweg, da schritt der alte Mann plötzlich wieder neben ihr. Pamela dachte sich nichts mehr dabei, obwohl der Mann geräuschlos wie aus dem Nichts aufgetaucht war. „Guten Tag, da bin ich wieder! Heute können wir nochmals gemeinsam zur Schule gehen!" Pamela nickte erfreut und wollte schon wegen der Bildung nachfragen… da sagte der alte Mann übergangslos: „Das Wissen betrifft das Handwerkliche, das man speziell für einen Beruf braucht. Die Bildung hingegen ist viel umfassender.

Die kannst Du in Deinem Beruf gebrauchen, auch in jedem anderen Beruf, im täglichen Leben, überall und jederzeit! Ausserdem hilft sie Dir, Dein Wissen mit Erfolg einzusetzen!"

Pamela wurde nachdenklich und wusste nicht, wie sie nachfragen sollte. Da fuhr der Mann weiter: „Das Wissen kannst Du von den Lehrern und aus den Büchern lernen. Es erlaubt Dir, mit Deinem Verstand Deinen Beruf auszuüben, Anwältin zum Beispiel. Die Bildung wirst Du Dir weitgehend selber aneignen müssen. Lehrer und Bücher können Dir zwar ebenfalls weiterhelfen, aber vieles wirst Du so nicht finden. Achte einfach auf Deine Umgebung, auf Deine Familie, Deine Freunde. Schau Dir die Welt gut an, die Pflanzen, die Tiere, die ganze Natur! Dann wirst Du erkennen, dass es neben dem erlernten Wissen viel Unerklärliches und sogar Wunder gibt!" - Jetzt war Pamela echt verwirrt. Von Wundern spricht der Mann, die gibt es doch schon längst nicht mehr. Jesus mag ja Wunder vollbracht haben, dachte sie vorwitzig, aber das ist Schnee von vorgestern. Vor lauter Überlegen und Nachdenken war sie ausserstande, eine gescheite Frage zu stellen. Sie waren ja auch schon bei der Schule angelangt. Sie hörte nur noch ein aufmunterndes „Bis bald!", und schon war der alte Mann verschwunden…, „wie vom Erdboden verschluckt", ging es Pamela durch den Kopf.

In den nächsten Tagen dachte Pamela intensiv über das Gesagte nach. Der Hinweis auf die Wunder hatte sie am meisten durcheinander gebracht…, was sollte man als Anwältin mit Wundern anfangen? Nachdem sie etwas gefasster war, hätte sie so gerne den alten

Mann gefragt, wie denn das sei mit dem Anschauen der Welt ringsherum und natürlich mit den Wundern.

Aber die Wochen vergingen, und Pamela begegnete dem alten Mann nicht mehr. Sie war traurig. Auf jedem Schulweg wünschte sie sich innig, er möge doch noch einmal kommen..., aber er blieb weg.

Ein paar Monate später - Pamela verspürte den Wunsch weiterhin - erschien ihr der alte Mann im Traum. Er begleitete sie in vertrauter Weise auf dem Schulweg. Mit warmer Stimme nahm er den Faden ihrer Gespräche auf. „Wenn sich das Wissen an den Verstand wendet, so wendet sich die Bildung an das Herz, an Deine Gefühle. Das Herz kann vieles erkennen und verstehen, was dem Verstand unerklärlich und verborgen bleibt. Der Verstand sagt Dir lediglich, wie Du Dein Wissen anwenden kannst, das Herz hingegen zeigt Dir die Hintergründe und Zusammenhänge. Der Verstand ist sozusagen kühl und nüchtern, das Herz ist warm und achtsam. Wenn Du in Deinem Beruf den Verstand gebrauchst, werden die Leute sagen: Anwältin Pamela hat unser Anliegen richtig verstanden, sie ist eine gescheite Frau mit einem scharfen Verstand... - Wenn Du Dein Herz zu Rate ziehst, werden die Leute sagen: Anwältin Pamela hat eine Lösung gefunden, die für uns und jedermann gut ist, sie hat alles richtig aufgefasst, sie ist eine kluge, vorbildliche Frau mit einem guten Herz."

„Ich verstehe, glaube ich", hörte sich Pamela im Traum sagen, „aber wie ist das mit den Wundern?" Der alte Mann konnte ein wohlwollendes Schmunzeln nicht verbergen. „Ich kann Dein ungläubiges Zweifeln gut verstehen… Weisst Du, als ich jung war, und das ist schon sehr, sehr lange her, da waren Wunder für uns selbstverständlich. Meine Eltern und Verwandten erzählten uns Geschichten von Elfen und Gnomen, von Geistern und Engeln, vom Wechsel der Jahreszeiten, von der Grossartigkeit von all dem, was zwischen Himmel und Erde ist. Die Wunder dieser Geschichten vermochten wir auch im täglichen Leben zu erkennen, etwa wenn es mein Vater fertigbrachte, engstirnige Streithähne zu versöhnen, wenn meine Mutter uns mit weisen Ratschlägen aus jugendlicher Verzweiflung half oder wenn im Garten aus Pflanzen- und Küchenabfällen wieder Kompost-Erde wurde. Wir lernten, wie wichtig es war, andere Standpunkte zu verstehen, die Menschen zu respektieren, den Pflanzen und Tieren achtsam zu begegnen, vorbildlich zu leben. Je mehr Du gibst, desto mehr wirst Du bekommen! Wenn wir uns all das ernsthaft vornahmen, erlebten wir Wunder über Wunder!"

Pamela wachte ruhig auf. Sie war imstande, diesen Traum voll in sich aufzunehmen und auf sich wirken zu lassen. Viel später noch vermochte sie sich an alle Einzelheiten zu erinnern. Der Traum und die vorangegangenen zwei Gespräche schienen sich zu einem Ganzen zusammenzufügen, das sie mit der Zeit als solide, zuverlässige Plattform empfand, auf der sie fest verankert war. Es war ja alles so seltsam: wenn sie sonst Ratschläge von älteren Personen nur unwillig und mit vielen Vorbehalten entgegennahm, war es bei diesem alten Mann ganz anders. Vom ersten Moment an hatte sie seine liebevolle Anteilnahme gespürt und ein tiefes Vertrauen gefasst.

Pamela begegnete dem alten Mann nie mehr. Und doch war ihr, als ob er sie in ihren Gedanken dauernd begleiten würde. Wie dankbar war sie ihm doch, und wie gerne hätte sie ihm ihre grosse Wertschätzung ausgedrückt.

Es muss wohl so gewesen sein, dass der alte Mann und Pamela auf immer mit einander verbunden blieben, auch wenn sie sich nicht mehr begegneten. Der alte Mann hatte in Pamela ein Feuer entfacht, das nie mehr verlöschen sollte und das alle Leute untrüglich spürten, die Pamela im späteren Leben begegneten. Es war Pamela, als ob ein stummer Dialog weiterginge, war es ihr doch möglich, dem alten Mann weitere Fragen zu stellen und Antworten zu erhalten.

Pamela schlug tatsächlich die Laufbahn einer Anwältin ein und erfüllte sich ihren Jugendwunsch. Das Wissen eignete sie sich problemlos an. Die Bildung erwarb sie sich, indem sie die Welt mit Liebe und Achtsamkeit, mit Toleranz und Demut anschaute und sich daraus eine Weltanschauung erarbeitete, die sie zufrieden und glücklich machte. Sie vermochte ihr beeindruckend grosses Wissen erfolgreich einzusetzen. Es war nicht ganz so, wie ihre Mutter sich das seinerzeit ausgemalt hatte und wie es ihr selbst vielleicht auch träumerisch erschienen war: sie hatte es zwar zu etwas gebracht, verdiente gut und konnte sich schöne Kleider und ein angenehmes Leben leisten. Aber Pamela wirkte nie fordernd und gierig. Sie war immer ausgeglichen, wurde sehr geachtet, begegnete jedermann respektvoll, auch ihren Gegnern, kurz: sie gab viel und erhielt viel, sie schien in sich zu ruhen. Manch einer, der ihren familiären Hintergrund kannte, mochte an ein Wunder denken, wenn er Pamela heute sah.

Pamela hob sich wohltuend von scheinbar dynamischen, rücksichtslosen Kollegen ab, die nur auf ihren eigenen Vorteil bedacht waren. Sie blieben zwar nicht ohne Erfolg, waren aber häufig von persönlichen Problemen geplagt und wurden von vielen Leuten gemieden. Was hatte ihr der alte Mann damals gesagt? „Wenn Du Deinen Verstand gebrauchst, werden die Leute sagen: Anwältin Pamela hat unser Anliegen richtig verstanden, sie ist eine gescheite Frau mit einem scharfen Verstand… - Wenn Du Dein Herz zu Rate ziehst, werden die Leute sagen: Anwältin Pamela hat eine Lösung gefunden, die für uns und jedermann gut ist, sie hat alles richtig verstanden, sie ist eine kluge, vorbildliche Frau mit einem guten Herz."

Eines Tages besuchte sie ihren Grossvater. Sie war ihm nicht oft begegnet, verworrene Lebensumstände hatten das leider verhindert. Aber nun war die Familie wieder einmal zusammengekommen, und zwar aus Anlass von Grossvaters rundem Geburtstag. Pamela fühlte sich überraschend wohl und willkommen in dieser Runde. Alle waren von ihrer starken, ausgeglichenen Persönlichkeit und von ihren beruflichen Erfolgen beeindruckt. Sie selbst war verblüfft und gerührt, in manchem Gespräch auf anregende Gemeinsamkeiten zu stossen.

Da, plötzlich, Pamela hatte gedankenverloren ringsum geschaut, sie traute ihren Augen nicht: hing dort nicht ein Bild des alten Mannes an der Wand, dem sie vor vielen, vielen Jahren begegnet war und dem sie so viel zu verdanken hatte? „In der Tat, er musste es sein!"

Pamela wandte sich an ihren Grossvater. „Sag mal, Grosspapa, wer ist der Mann auf diesem Bild dort?" Der Grossvater, sichtlich angetan von Pamelas Interesse, antwortete: „Das war mein Grossvater, Dein Ur-Urgrossvater also, ein weiser, erfolgreicher, hochgeachteter Mann, den ich leider nie selber kennenlernen konnte. Er war schon viele Jahre verstorben, als ich auf die Welt kam. Er war Unternehmer und hat der Oeffentlichkeit in vielen Funktionen selbstlos gedient, auch in der Schule. Er muss etwas druidenhaftes gehabt haben."

Pamela wurde von einer warmen Gefühlswelle fast zerdrückt. Da sie seit frühester Jugend gelernt hatte, Haltung zu bewahren, blieb das den Umstehenden verborgen. Und Pamela mochte jetzt auch nicht erzählen, dass sie ihrem Ur-Urgrossvater vor langer Zeit zweimal auf der Strasse und immer wieder in ihren Träumen begegnet war. Das sollte ihr Geheimnis bleiben, ihr ureigenstes, ganz persönliches Wunder.

Pamela hörte ihrem Grossvater weiter aufmerksam zu. Sie hatte das schöne Gefühl, in eine neue, ihr bisher wenig vertraute Welt einzutauchen, als sie so manches vom Leben ihres Ur-Urgrossvaters und der anderen Vorfahren erfuhr.

Die Gesellschaft hatte sich schon aufgelöst. Auf dem Heimweg erinnerte sich Pamela plötzlich an Grossvaters Bemerkung, ihr Ur-Urgrossvater habe etwas druidenhaftes gehabt. Was mochte das bedeuten? Das musste sie unbedingt abklären! Befriedigt nahm sie sich vor, demnächst ihren Grossvater danach zu fragen… das würde gewiss wieder eine interessante Plauderei ergeben…

Leben nach dem Tod - Leben nach der Geburt - ein Gespräch unter Zwillingen

Das Werweissen über ein Leben nach dem Tod ist so alt wie die Menschheitsgeschichte. Befürworter und Gegner liegen sich üblicherweise unversöhnlich-zerstritten in den Haaren.

Vielleicht ist dies eine aufschlussreiche Parabel: wie sich ein ungeborenes Zwillingspärchen im Bauch der Mutter unterhält…:

„Sag mal, glaubst Du eigentlich an ein Leben nach der Geburt?", fragt der eine Zwilling.

„Ja, auf jeden Fall! Hier drinnen wachsen wir und werden vorbereitet für das, was draussen kommen wird", antwortet der andere Zwilling.

„Ich glaube, das ist Blödsinn!", sagt der erste. „Es kann kein Leben nach der Geburt geben - wie sollte das denn bitteschön aussehen?"

„So ganz weiss ich das auch nicht. Aber es wird sicher viel heller sein als hier. Und vielleicht werden wir herumlaufen und mit dem Mund essen?"

„So einen Unsinn habe ich noch nie gehört! Mit dem Mund essen, was für eine verrückte Idee. Es gibt doch die Nabelschnur, die uns ernährt. Und wie willst Du herumlaufen? Dafür ist die Nabelschnur viel zu kurz. Und ausserdem: wir leben hier in wohliger Wärme, dort draussen hingegen sind wir an der kalten Luft - ein Leben wird so gar nicht möglich sein."

„Doch, es geht bestimmt. Es wird eben alles nur ein bisschen anders."

„Du spinnst! Es ist noch nie einer zurückgekommen nach der Geburt. Mit der Geburt ist unser Leben zu Ende. Punktum!"

„Ich gebe ja zu, dass keiner weiss, wie das Leben nach der Geburt aussehen wird. Aber das gibt es bestimmt, und ich weiss: dann werden wir unsere Mutter sehen, und sie wird für uns sorgen."

„Mutter? Du glaubst doch wohl nicht an eine Mutter? Wo ist sie denn bitte?"

„Na hier - überall um uns herum. Wir sind und leben in ihr und durch sie. Ohne sie könnten wir gar nicht sein!"

„Quatsch! Von einer Mutter habe ich nie etwas bemerkt, also gibt es sie nicht."

„Doch, manchmal, wenn wir ganz still sind, kannst Du sie sprechen und singen hören. Oder spüren, wenn sie unsere Welt streichelt."

Dann kam der Tag, an dem sie ihre bloss gefühlte Mutter wirklich sahen... es gab sie also wirklich und wahrhaftig! Und es gab das Leben nach der Geburt!

Der k.k. Friseurmeister

Der k.k. Friseurmeister stand in der Wiener Damen-
gesellschaft in hohem Ansehen. Der gross gewach-
sene, gut aussehende junge Mann war schon an der
Meisterprüfung mit Bestnoten aufgefallen. Im Wien
der Jahre vor dem Ersten Weltkrieg hatte sich sein
Talent und sein freundliches Wesen in den gehobe-
nen Kreisen im Nu herumgesprochen, und bald zähl-
ten viele Damen mit klangvollen Namen zu seinen
treuen Kundinnen.

Darunter war auch Katharina Schratt, berühmt als
Künstlerin und verehrt als Geliebte des Kaisers… ein
allgemein bekanntes „Geheimnis". Sie trug das ihrige
zur glanzvollen Berufskarriere des Friseurmeisters
bei.

Die Damen pflegten den Friseurmeister in ihre Privat-
räume zu bestellen. Diskrete Einzelheiten, wie etwa
Färbungen oder künstliche Haarteile, blieben so vor
der Neugier des Gatten und Dritter verborgen und
erlaubten es der Kundin, ihre „natürliche" Haartracht
vorbehaltlos spazieren zu führen.

Katharina Schratt, die berühmte Kundin, kannte den
Herzenswunsch ihres Friseurmeisters: er würde so
gerne einmal dem Kaiser persönlich begegnen…, ob
sich das wohl arrangieren liesse? - Katharina Schratts
kaiserlicher Liebhaber zeigte sich verständnisvoll!

Seine kaiserliche Hoheit Franz Joseph I. betrat den
Raum geräuschlos durch eine Tapetentür, die vorher

unsichtbar geblieben war. Jetzt wurde der Traum des Friseurmeisters wahr! Indes, nach dem langem Warten und dem vielen Hadern mit der eigenen Bedeutungslosigkeit, erzitterte er leicht und musste alle seine Willenskräfte zusammennehmen, um ordentlich Haltung zu bewahren und etwas vernünftiges zu sagen.

Der Kaiser, routinierter Meister des nichtssagenden Gesprächs, grüsste freundlich, erkundigte sich nach dem Ergehen und wollte wissen, was man denn im Volk so über ihn sage. Nach allerlei weiteren Belanglosigkeiten fand die Begegnung ihren Abschluss, unvergesslich für den dankbaren Friseurmeister... und alle seine Nachkommen.

Die Kundinnen schätzten die Begabung des Friseurs für vollendete Dauerwellen, raffiniertes Verstecken künstlicher Haarteile, Aufmerksamkeit erheischende Frisuren. Er hatte ein ausserordentliches Talent, das nicht auf die Ästhetik seiner Schöpfungen beschränkt blieb. Das Haar war für ihn der Dreh- und Angelpunkt, um das Wesen und den gesundheitlichen Zustand der Trägerin zu erkennen und zu verstehen. Taktvoll, wie das seine Gewohnheit war, empfahl er einer Kundin nicht die gewünschte Frisur, die sich aufgrund ihrer Schwangerschaft schlecht halten werde, sondern eine andere, die für die gegebene Situation besser geeignet wäre. Oder dann erteilte er gesundheitliche Ratschläge, abgestützt auf seine Haar-Diagnose, die erfolgreich beherzigt wurden. Solche Vorfälle mehrten seinen Ruhm und liessen ihn nach heutigen Massstäben zu einem Star-Friseur werden.

Es blieb nicht aus, dass die Eifersucht der Ehemänner geweckt wurde, obwohl der Friseur stets peinlich darauf bedacht war, alles zu vermeiden, was solche Gefühle genährt hätte. Ganz ohne Folgen blieb seine privilegierte Stellung gleichwohl nicht.

Eine Gräfin, umsichtig besorgt, vor ihrem Ehemann die Verwendung künstlicher Haarteile zu verbergen, hatte deswegen die Gewohnheit, die Tür abzuschliessen, wenn der Friseur sie in ihren Privaträumen aufsuchte. Eines Tages, der Friseur war gerade bei der Kundin, wollte der Ehemann seiner Frau etwas mitteilen. Er klopfte an, wollte eintreten… die Tür war verschlossen. Wie ein Blitz bildete sich in seiner Vorstellung das Bild des gehörnten Ehemannes, dessen Ehefrau schmachtend in den Armen des charmanten, schmucken Friseurs liegt. Zornentbrannt schlug er die Tür ein, riss den erstaunten Friseur aus seiner Arbeit, packte ihn mit der geballten Kraft des eingebildeten Betrogenen, zog ihn unsanft durch die zersplitterte Tür in den Gang und würde ihn wohl die Treppe hinuntergeworfen haben, hätte sich der Friseur nicht befreien und ohne Nachhilfe zum Ausgang finden können.

Die Entschuldigung des Grafen folgte auf dem Fusse…, und die Episode beeinträchtigte den tadellosen Ruf des Friseurs in keiner Weise.

Der Zusammenbruch der k.k.-Monarchie wirbelte alles durcheinander. Der Friseurmeister verlor manche Stammkundin, und er beschloss, Wien zu verlassen und in Deutschland eine neue Existenz aufzubauen.

Anlässlich von Prüfungsarbeiten in Deutschland, denen er als Experte beiwohnte, lernte er seine spätere Frau kennen, die sich dort als junge Friseuse dem Urteil der Fachkräfte stellte.

Die Wiener Reminiszenzen haben jene ferne Zeit überlebt und werden von den nachfolgenden Generationen mit einer Mischung aus Hochachtung und Schmunzeln zum besten gegeben.

Marokkanische Episoden

Deshabillez-vous, mais complètement!

Das gepflegte Gasthaus in der kühlen marokkanischen Oase Taroudant wurde „Gîte d'étape" genannt, „Etappen-Herberge" also. Es nannte sich „Marhaba" und gehörte einer resoluten französischen Siedlerin, die ihre aufmerksame Gastfreundschaft mit dem hartdisziplinierten Auftreten eines Feldwebels der Fremdenlegion kombinierte.

„Soyez les bienvenus. Bien sûr que j'ai une chambre pour vous deux!" Wie froh waren wir nach der unliebsamen Erfahrung der letzten Nacht... Die Dame schien Gedanken lesen zu wollen. Lauernd fragte sie: „Wie sind Sie hierher gefahren? Wo haben Sie gestern übernachtet?"

Agustín und ich antworteten ohne Bedenken: in Tiznit! Da die Dame jetzt den Ort kannte, folgerte sie nüchtern: „Dann haben Sie in der Pension Bellevue die Nacht verbracht! Dachte ich es mir doch! Sie können bleiben, aber jetzt folgen Sie meinen Instruktionen!" - Wir waren eingeschüchtert und sprachlos.

Der Feldwebel fuhr fort: „Mit Sicherheit haben Sie dort Flöhe aufgelesen. Mir können Sie nichts vormachen! Sie haben ja keine Ahnung, wie schwierig es ist, diese Viecher fernzuhalten. Wenn ich Sie einfach so hereinlasse, habe ich mein Haus voll davon und plage mich dann wochenlang herum, sie wieder loszuwerden. Also hören Sie gut zu: Sie geben mir jetzt sofort alle

Kleider und sämtliche Wäsche, die Sie seit Tiznit getragen haben, auch die Schlafsäcke, und ich kümmere mich um die Reinigung und Desinfektion!"

Ohne Gegenrede legten wir unsere Habseligkeiten auf den Boden und wollten uns zum Zimmer begeben. „Mais non, messieurs!" intervenierte sie. „Sie begleiten mich vorher zu einem Nebenraum. Dort hat es eine Dusche, und Sie können sich umkleiden. Die schmutzigen Kleider lassen Sie einfach liegen. Vorher betreten Sie mein Hotel keinesfalls!"

Folgsam liessen wir alles geschehen. Vor dem Nebenraum eine letzte Instruktion: „Et maintenant allez! Deshabillez-vous, mais complètement!!" Die Befehle verhallten im alten Gemäuer. Wir unterzogen uns der Prozedur.

Wir war das eigentlich gewesen am Vortag?

Wir hatten uns in Tiznit kurz umgesehen, einem verschlafenen, ärmlichen Nest an der Südwestspitze Marokkos. Neugierig erkundigten wir uns, ob man vielleicht weiter südwärts zur spanischen Garnison Sidi Ifni gelangen könne. Das erwies sich mangels Spezialbewilligung als unmöglich. Nach einer kurzen Erkundungsfahrt durch die umliegende Dürre bis Goulimine, das als Wüstenpforte gilt, beschlossen wir, in Tiznit eine Unterkunft zu suchen.

Es gab genau eine Möglichkeit: das „Hotel" Bellevue! Nichts war zutreffend, weder „Hotel" noch „Bellevue"... alles sah schrecklich verwahrlost und schmutzig aus, der Eingang, die Leute, auch das Zimmer, das man uns im Obergeschoss zuwies, und die Betten. Wir hatten keine andere Wahl. Wir würden ganz einfach unsere Schlafsäcke auf die Betten legen...

Die teils halbgeöffneten Türen der anderen Zimmer im Obergeschoss, ein geschäftiges Treiben und zutrauliche, aufgetakelte, aber schmutzstarrende Damen, mit hennagefärbten Haaren und Händen, belehrten uns rasch, in welche Art Absteige wir geraten waren. Wir verpflegten uns irgendwo mit einem kleinen Imbiss und begaben uns dann zur Ruhe. Die Zimmertür liess sich nicht verschliessen.

Schon ging es los! Ganze Stämme von Flöhen schienen unser Zimmer zu bevölkern! Das war neu und erstmalig für uns, wie widerlich! Wir hüllten uns in die Schlafsäcke und dachten, so wären wir geschützt.

Aber nein! Nach wenigen Minuten hatten die Biester ihren Weg ins Innere der Schlafsäcke gefunden und piesackten uns im Halsbereich, dann am Oberkörper, bald an den Hüften und Beinen und schliesslich an den Füssen. Wir wehrten uns so gut es ging, verjagten da einen Störefried und zerdrückten dort einen neuen.

Es mochte auf Mitternacht zugehen, in der Pension war es ruhiger geworden. Plötzlich öffnete sich die Tür und im Lichtschein gewahrten wir die Umrisse einer der Damen. Im eindringlichen Flüsterton bot sie ihre Dienste an, untermalt von einem zahnlosen Lächeln und unzweideutigen Gebärden. Wir lehnten dankend ab, die Türe schloss sich langsam.

Bis zur Morgendämmerung durchlebten wir peinvolle Stunden, im Schlaf immer wieder unterbrochen von Flohattacken und unserer dürftigen Gegenwehr.

Die Blutspuren der zerdrückten Flöhe fanden sich überall, auf unserer Wäsche, aber auch in jedem Winkel der Schlafsäcke...

Wenn wir uns an diese Szenen erinnerten, mussten wir der Gastgeberin unserer gepflegten Herberge recht geben. Wir hatten ja tatsächlich keine Ahnung, wie mit Flöhen umzugehen war. Für sie war es Routine, und die Erfahrung lehrte sie, sich vorzusehen.

Geduscht und neu angezogen konnten wir unser Zimmer aufsuchen. Alles war sauber und gepflegt, der umliegende Garten eine prächtige Mini-Oase, wir atmeten tief durch.

Die resolute Gastgeberin schaute befriedigt an uns herunter, wie wenn sie sagen würde: „So gefallt Ihr mir schon besser". Sie servierte uns ein einfaches, aber schmackhaftes Nachtmahl. Im Gespräch holte sie noch etwas weiter aus und blendete zurück auf die Jahre, als sie als junges Mädchen hierhergekommen war, an den Rand der Wüste, im Rücken den Atlas, neben sich den lebensspendenden Bergbach, vor sich die unendliche Sahara. In Absprache mit dem Verkehrsamt habe sie den „Gîte d'étape" aufgebaut und erfolgreiche, schöne Zeiten erlebt, vor allem mit französischer Kundschaft.

Die Unabhängigkeit Marokkos 1956 habe viele Kolonisten bewogen, das Land zu verlassen. In den seitherigen 4 Jahren sei es stiller geworden in dieser Oase. Es werde wohl lange dauern, bis sich ein neuer Tourismus entwickle.

Die Gastgeberin hatte ihre Ruhe wiedergefunden und erzählte uns von ihrem unablässigen Kampf für Sauberkeit und Hygiene, gegen Ungeziefer und namentlich Flöhe, gegen das Unverständnis der einheimischen Bevölkerung. Sie bat um Nachsicht für ihr barsches Auftreten am Nachmittag und dankte uns für das Verständnis.

Respektvoll hörten wir zu und genossen den wunderschönen Abend. Vom Garten wehten exotische Düfte herüber, uralte Palmen ergaben sich dem sanften Bergwind, der Bach plätscherte leise, die unvermittelt anbrechende Nacht hüllte alles in einen geheimnisvollen, dunklen Schleier.

Danger! - Mines!

Wir hatten die Oase Ksar-es-Souk am frühen Morgen verlassen und uns nach Osten gewandt. In Bouanane würden wir den Zoll passieren und uns dann nach dem algerischen Colomb-Béchar wenden.

Die Ortsnamen klangen fremdartig, waren uns aber geläufig und jedenfalls geeignet, unsere studentischen Fantasien zu beleben. In diesem Grenzgebiet hatten bis vor kurzem erbitterte Kämpfe stattgefunden, Colomb-Béchar war eine wichtige Garnisonsstadt der französischen Fremdenlegion. Die Schilderungen von Friedrich Glauser in „Gourrama" und anderen Kurzgeschichten aus seiner Legionszeit waren sofort gegenwärtig, auch diejenigen der wunderbaren Liebesgeschichte „Blüte im Sand" von Henry de Montherlant. Diese Erzählungen hatten uns gepackt und uns ein Bild von Land und Leuten im südlichen Atlas vermittelt, das präzise war - wie wir jetzt laufend wahrnahmen - und unseren eigenen Erlebnissen eine wohlig-tiefe Polsterung lieferte.

Es war Herbst, das Land ausgedörrt, der Atlas abgesehen von vereinzelten Bäumen kahl. Die wenigen Lehmhäuser der winzigen Siedlungen hoben sich kaum ab in diesem unendlichen, bräunlich gleissenden Raum. Die Strasse, die man hier „piste" nannte, war oft nur schwer zu erkennen und ging nahezu übergangslos in die Steinwüste über; tiefe Querrinnen und gefährliche Löcher überraschten uns immer wieder. Als Fahrer musste ich jederzeit auf alles vorbereitet sein. Ich hatte mich dauernd voll zu konzentrieren.

In dieser Öde waren wir meistens allein. Immerhin tauchten wie aus dem Nichts plötzlich kleine Kamel-Karawanen auf, am Wegrand hockte überraschend ein wartender Mann: worauf wartete er wohl?... auf wen?... wie lange?... Ab und zu erspähte man einen Esel, beladen mit Säcken und einem rittlings thronenden Mann, am Seil geführt von einer Frau, die sich ergeben zu Fuss abmühte.

Plötzlich weit hinten, in der flimmernden Ferne, was war denn das? Die Hitze schuf gerne Trugbilder, so dass wir unseren Augen nicht trauen mochten, als wir bald ein Fahrrad ausmachten, schwer bepackt. Es wurde von einem dunkel und unkenntlich vermummten Mann gestossen. Warum er wohl nicht fuhr? - Langsam kreuzten wir uns, ein kurzes Winken, der Mann trottete weiter, wir entfernten uns Richtung Grenze.

An der Zollstation Bouanane wollte man erfahren, was uns denn hierher und weiter Richtung Colomb-Béchar führe. Der Beamte sprach wie die meisten staatlichen Angestellten französisch oder spanisch. Unverhohlenes Misstrauen wehte uns entgegen. Hinter dem Beamten hatte sich eine Gruppe von Männern jeden Alters aufgestellt, die vermutlich kein Wort verstanden, aber neugierig alle Aussagen und Bewegungen verfolgten. „Junge Leute haben doch sehr merkwürdige Ziele!", schienen sie zu denken... „Aber sind es wirklich Studenten?", fragte sich gewiss der Beamte. „Vous n'avez pas par hasard un message pour quelqu'un de l'autre côté de la frontière? Est-ce que vous allez rencontrer quelqu'un là-bas?"

Unsere Antworten schienen ihn zufriedenzustellen, er gewann Vertrauen und ergänzte, zugänglicher geworden: „Wissen Sie, hier tauchen immer wieder kleine Kampfverbände auf, die sich Scharmützel liefern. Die Gegend ist unsicher. Die eine Strasse ist ohnehin gesperrt, seit ein Fahrzeug in eine Mine geriet. Die

Strasse über Saf-Saf, die Sie einschlagen wollen, ist seit der Unabhängigkeit vor 4 Jahren kaum mehr benützt worden. Französisches Militär und die Fremdenlegion halten sich noch hier auf. Sie geraten in ein Niemandsland, das auch wir lieber meiden. Die Leute, die Ihnen das Visum ausgestellt haben, kennen diese Gegend überhaupt nicht! Seien Sie vorsichtig!!"

Agustín und ich überdachten die Lage und erinnerten uns an die mahnenden Worte des Konsularbeamten in Barcelona. Colomb-Béchar wäre eigentlich heute abend noch zu erreichen. Französisches Militär schien zugegen zu sein. Der Beamte respektierte das Visum und hinderte uns nicht. Wir beschlossen, weiterzufahren.

Erleichtert, aber doch etwas beeindruckt folgten wir weiter der monotonen Piste. Nach etwa 20 Kilometern, die hier eine gute Stunde erforderten, querte unvermittelt ein besonders breites und tiefes, ausgetrocknetes Flussbett, ein „Wadi", wie man hier sagt, unsere Strasse. Über eine steile Böschung ging es hinunter. Am anderen Ufer, wo die Piste anscheinend weiterführt, erspähten wir von weitem so etwas wie eine Tafel, die an einem soliden Pfosten festgemacht war... ein Fremdkörper in der uniformen Landschaft, der zwar auffiel, dem wir jedoch vorläufig keine weitere Beachtung schenkten.

Das Flussbett war angefüllt mit Sand und Steinen. Bei zügiger, holpriger Fahrt kamen wir gut hindurch, auch die jenseitige Böschung erklommen wir problemlos. Jetzt wurde die Piste wieder flach, aber... vor uns stand die Tafel an dem Pfosten, mitten in der Strasse!

In grossen, deutlichen Lettern stand darauf: „DANGER! MINES!"

„Also Minen auch hier! Da hört doch die Gemütlichkeit auf!", mussten wir uns eingestehen, nicht ohne an die eindringliche Mahnung des Zollbeamten zu denken. „Dieser unzweideutige Hinweis signalisiert eine unberechenbare Gefahr". Schweren Herzens begruben wir unsere Algerien-Pläne und beschlossen, zu wenden und nach Bouanane zurückzukehren. Vor uns lag wiederum das tückische Wadi.

Die Sonne stand schon sehr tief, nahezu übergangslos würde es tiefe Nacht werden. Wir fuhren die Böschung hinunter, durchquerten erneut das Flussbett, kletterten auf der anderen Seite wieder hinauf. Da… ein harter Schlag auf das rechte Vorderrad… das Auto stand still.

Ein im Sand verborgener Stein hatte unsere Fahrt abrupt gebremst. Ein Augenschein belehrte uns, dass das Rad durch den Schlag wuchtig abgewinkelt worden war, so dass nun beide Vorderräder nicht mehr parallel liefen, sondern in einem Winkel von vielleicht 30-40 Grad nach aussen zeigten. Unser Glück: die Lenkung funktionierte.

Diese heikle Panne und das Gefahrenschild bewogen uns, in der vielleicht trügerischen Geborgenheit das Flussbettes, im Schutz einiger Büsche, die Nacht im Auto zu verbringen und bei Tageslicht weiterzuschauen. Wir schliefen unruhig, immer wieder aufgeschreckt von fremdartigen Geräuschen und von der Ungewissheit, die uns anderntags erwarten würde.

Frühmorgens ebneten wir an der Böschung eine Fahrspur und gelangten ohne weitere Schwierigkeiten nach oben. Am Auto funktionierte zum Glück alles, wir hatten reichlich Benzin, nur die auseinanderklaffenden Räder scheuerten die Reifen natürlich erbarmungslos ab, selbst bei langsamer Fahrt.

Am späteren Vormittag erreichten wir wieder die bekannte Zollstation.

Der Beamte zeigte sich erneut skeptisch. Er vernahm zwar unsere Schilderung und sah das defekte Fahrzeug. Aber er folgerte, jetzt sei er natürlich gezwungen, seinen Vorgesetzten anzurufen und ein Protokoll aufzunehmen. Das brauche eine gewisse Zeit, wir könnten die Nacht hier verbringen.

Beide wurden wir lange und gründlich einvernommen, unabhängig voneinander. Das nahm den ganzen Nachmittag in Anspruch. Endlich wiederholte sich die Reaktion des Vortags, der Beamte entspannte sich und fasste erneut Vertrauen.

Diese stundenlange Prozedur, obwohl im Postenbüro durchgeführt, wurde von mehreren Männern, offensichtlich beschäftigungslosen Dorfbewohnern, neugierig mitverfolgt. Ein weibliches Wesen hatten wir bisher nie zu Gesicht bekommen. Man reichte uns kühles Wasser und schmackhaftes Fladenbrot.

Die Sonne war untergegangen. An eine Weiterreise war nicht mehr zu denken. Zum Nachtquartier wurden wir in ein nebenstehendes Haus begleitet. Der Beamte, der hier die Autorität eines königlichen Delegierten zu geniessen schien, hatte das Familienoberhaupt zu sich gerufen und ihm befohlen, uns aufzunehmen. Wie sich bald herausstellte, hatte der Mann umgehend seine ganze Familie in kleinere Räume verbannt und uns den Hauptraum, eigentlich das Wohnzimmer, zugewiesen. Der Boden und die Bänke ringsum waren über und über mit dicken Teppichen bedeckt, wir waren somit frei, das passende Lager selbst zu finden.

Der Mann befolgte gründlich die erteilten Anweisungen. Dazu gehörte nun auch, uns dorthin zu begleiten, wo wir uns erleichtern konnten. Ich war unsicher und erstaunt, als er mich bat, bewehrt mit Besen und Wassereimer, ihm zu folgen. Gemeinsam begaben wir uns in den Garten, der Mann blieb unvermittelt stehen und schaute blicklos in die Ferne. Da er nur arabisch sprach, schien das das Signal für mich zu sein. Ich verrichtete mein „kleines Geschäft", und der Mann mit seinen Geräten humpelte hinter mir zum Haus zurück. Nun war mir auch klargeworden, dass Besen und Eimer für das „grosse Geschäft" bestimmt gewesen wären. Ebenso klar ergab sich, dass das Anwesen über keine Toiletten nach unserem Muster verfügte.

Die Nacht war ruhig, wir schliefen gut, gebettet auf die vielen Teppiche, eingehüllt in unsere Schlafsäcke und umgeben von ungewohnten, irgendwie wohligen Gerüchen, einer Mischung aus Küche, Stall und Wohnraum.

Am folgenden Tag setzten wir, versehen mit den guten Wünschen des Beamten und seiner zahlreichen Gefolgschaft, unsere beschwerliche Reise fort. Wir litten Qualen, wenn wir das Schaben der vorderen Reifen auf der groben Piste hörten. Trotz langsamster Fahrt war das Profil bald weg, schon trat die weisse Leinwand hervor.

Auf einmal, wir trauten unseren Augen wieder nicht, was bewegte sich dort weit vorne? War das nicht schon wieder unser wandernder Radfahrer? - Er war es in der Tat!

Wir bewegten uns jetzt in die gleiche Richtung, also hielten wir an. Der Mann schaute uns aus seinen dicken Kleiderwickeln an und lächelte freundlich. Er erinnerte sich, uns gekreuzt zu haben. Er war Chinese, stammte aus Malaysia und sprach leidlich englisch. Statt weiterer Erklärungen zog er eine kolorierte, sehr grobe Landkarte hervor. Sie gab keine Strassen wieder, nur die Meere und Kontinente zwischen seiner Heimat und Europa resp. Afrika. Unübersehbar war darauf seine rot markierte Route eingetragen, grob und skizzenhaft... als Strassenkarte war diese Unterlage zweifellos unbrauchbar...

Unglaublich! Er war per Fahrrad von seiner Heimat über Indien und den Nahen Osten bis nach Deutschland gelangt. Dort wandte er sich nach Süden, über Frankreich und Spanien, um via Marokko, Algerien und Libyen endlich Aegypten zu erreichen, wo er sich einschiffen würde. Hinter Bouanane sei er leider auf die Tafel „Danger! Mines!" gestossen, und da habe er gewendet. Mit dem Zollbeamten war vermutlich überhaupt keine Verständigung möglich, sonst hätten wir von dieser übereinstimmenden Erfahrung rechtzeitig etwas gehört. Man musste den Chinesen als Wesen von einem anderen Planeten empfunden haben…

„Nun bin ich hier und will dann von Ksar-es-Souk aus versuchen, nordwärts das Mittelmeer zu erreichen". Nichts von Resignation, kein Zeichen der Enttäuschung, ruhig und unbeirrt erzählte er seine Abenteuer, immer die Landkarte schwenkend, wo schliesslich Aegypten, sein wichtigstes Nahziel, deutlich erkennbar war, wie er betonte.

Wir konnten nie schlüssig herausfinden, warum er denn bei dieser Hitze wandere und nicht fahre, erkannten aber rasch, dass ihm gedient wäre, wenn wir ihn bis Ksar-es-Souk mitnehmen könnten.

Das war mit unserem kleinen Fahrzeug gar nicht so einfach. Wir banden das schwere Fahrrad auf dem Dach fest und verstauten das wenige Gepäck in irgendwelchen Nischen. Der Mann, immer noch dick eingehüllt, zwängte sich auf den Hintersitz und los ging es weiter Richtung Westen, dauernd begleitet vom schabenden Geräusch der Vorderräder.

Ein trockener Knall meldete den Riss im einen Vorderreifen, die Felge kratzte auf der steinigen Unterlage. Rasch das Reserverad montiert und weiter… wenn nur der andere Reifen noch hielt bis Ksar-es-Souk!

Schon kamen die ersten Häuser in Sicht, es fehlte vielleicht noch ein Kilometer. Da… nochmals ein trockener Knall, und der zweite Vorderreifen war ebenfalls durchgescheuert.

Wir bockten den Wagen auf, ich schulterte das eine defekte Rad und begab mich zu Fuss zur Siedlung. In einer Werkstatt erwarb ich einen Ersatzreifen, abgefahren zwar auch der, aber mit ein bisschen Profil immerhin. Der Mann verlangte erbarmungslos den Neupreis. Dafür bekam ich aus einem riesigen Tonkrug herrlich kühles Wasser zu trinken. Zurück zum Auto, Rad montieren und im Kriechgang wieder zur Werkstatt.

Der Mechaniker machte mir keine Illusionen. Der Schaden sei erheblich. Er könne die Räder parallel ausrichten, aber eine tadellose Geometrie kriege er nicht mehr hin. Ich würde heimfahren können, aber langsam und mit vorsichtiger Betätigung des Lenkrades.

Der Chinese hatte sich dankend verabschiedet. Er wählte unbeirrt die Hauptstrasse Richtung Norden, den riesigen Umweg nach Aegypten verachtend, und pedalte - ja tatsächlich, jetzt sahen wir ihn erstmals fahren - schwankend davon. Wir zweifelten nie daran, dass er sein Ziel erreichen würde.

Nach 4-5 Tagen war der Mechaniker so weit. Er schien seine Sache zu verstehen und kannte sich mit französischen Autos offenbar gut aus. Die Vorderräder liefen wieder mehr oder weniger parallel, blieben aber auffallend schräg gestellt. Wir dankten dem Fachmann für die gute Arbeit und machten uns vorsichtig auf den Weg.

Natürlich war der Fahrkomfort etwas eingeschränkt, aber die Reparatur erwies sich als zuverlässig. Sie widerstand problemlos den über 2'000 Kilometern bis Barcelona und in die heimatliche Schweiz.

Agustín und ich schauten immer gerne und dankbar auf unser Marokko-Abenteuer zurück. Dass wir die Grenze nach Algerien nicht überschreiten konnten, war zu verschmerzen und entsprach gewiss einer gütlichen Fügung. Wir dachten respektvoll an den Chinesen aus Malaysia, der dasselbe Pech mit stoischer Gelassenheit geschehen liess und im Gegensatz zu uns seine weite Reise in Monaten planen und improvisieren konnte, nicht nur in Wochen und Tagen.

Bewegte Lebenslinien

„Der junge Mann ging immer wieder gerne zur Bäckerei. Anfänglich waren es die feinen Brote und die verführerischen Süssigkeiten, die ihn lockten. Sie wurden rasch zum blossen Vorwand. Strahlende Augen, ein aufmunterndes, herzerwärmendes Lachen, die eine und die andere spassige Bemerkung… das war es, was ihn jetzt anzog und mehr und mehr gefangen nahm.

Er musste sich sehr zusammennehmen, wenn er nicht falsch einkaufen wollte, sobald er den Laden betrat und von der jungen, hübschen und fröhlichen Verkäuferin begrüsst wurde. Alle seine Sinne waren auf sie gerichtet, auf ihre Augen, auf ihre lachende Frische, auf ihren fröhlichen Witz.

Wenn man sich das so vorstellt, dann muss es gewesen sein, als ob zwei Gestirne auf ihren rätselhaften Bahnen durch das Weltall plötzlich auf einander getroffen wären, mit einem imaginären, aber nicht minder magischen Schubs. Denn die Zuneigung des jungen Mannes wurde erwidert. In vielen Gesprächen, Spaziergängen und Wanderungen wurden die beiden gewahr, dass sie für einander geschaffen waren und das weitere Leben gemeinsam verbringen wollten."

René hielt inne im Bericht über seine Eltern. Er war sichtlich bewegt, und man merkte, wie sehr ihn die Geschichte immer noch aufwühlte, die sich vor mehr als 90 Jahren in Langnau im Emmental zugetragen hatte.

Er schilderte behutsam, anschaulich und in druckreifen Sätzen die Begegnung der jungen Leute und ihre aufkeimende Liebe. Es blieb kein Zweifel, dass er sich mit allen seinen Gefühlen in das Schicksal der Eltern hineinversetzen konnte.

„Was so schön und natürlich begonnen hat", fuhr er fort, „hat leider eine bedrückende, tragische Fortsetzung erfahren! Ich werden Ihnen das erzählen!"

*

„Dem jungen Paar war es ernst. Sie hatten vor, bald zu heiraten und weihten ihre Eltern in die Pläne ein.

Beim Mädchen blieb die Vorfreude ungetrübt. Beim jungen Mann hingegen mahnte der Vater hart und ultimativ, dass er diese Verbindung niemals gutheissen könne. Seine Familie sei sehr angesehen im Dorf, und er müsse den Sohn doch eindringlich bitten, einen solchen gesellschaftlichen Abstieg zu vermeiden.

Ich weiss leider nicht, was dieser Vater für einen Beruf ausgeübt hat. Er war zwar mein Grossvater, aber ich bin ihm nie begegnet und kenne nicht einmal seinen Namen. Er mag ein wichtiger Gewerbler oder gar ein Anwalt gewesen sein…".

René machte seufzend eine Pause.

„Der Jüngling musste bald einsehen, dass er seinen Vater nicht umstimmen könne. Aber er machte seinen festen Entschluss und seinen unwiderruflichen Vorsatz klar geltend. Das erzürnte den Vater erst recht.

Er drohte unmissverständlich, ihn zu enterben, sollte er dieses Mädchen je heiraten.

Der Jüngling stand gleichwohl unbeirrt treu zum Mädchen. Er hoffte, dass der Vater mit der Zeit einsichtig würde und ihm den Segen dereinst nicht vorenthalte."

René hatte jetzt Tränen in den Augen.

„In der Folge erblickte ich das Licht der Welt", sagte er mit einem feinen Lächeln. „Stellen Sie sich die Freude des jungen Paares vor und die Zuversicht, dass doch der kleine, gesunde Enkel den sturen Grossvater endlich umstimmen würde! - Aber der blieb hart. ‚Mach, was Du willst, aber eine Heirat kommt nicht in Frage!'

Das muss für das junge Paar sehr belastend gewesen sein. Denken Sie, in einem Dorf wie Langnau, zur damaligen Zeit: eine ‚wilde' Beziehung und ein uneheliches Kind!

Die jungen Eltern liessen es sich nicht verdriessen und standen unerschütterlich zu einander.

Ein Mädchen wurde geboren… meine jüngere Schwester!", ergänzte René. „Sie ging später nach Frankreich und heiratete dort. Sie sollte wie auch ich kinderlos bleiben.

Mein Vater suchte jetzt erneut den Vater auf, musste aber enttäuscht erfahren, dass der auch jetzt nicht von seiner ultimativen Haltung abzubringen war. Er wiederholte stets das gleiche: ‚Wenn Du sie heiratest, dann gehörst Du nicht mehr zu unserer Familie!'

Mein Vater war verzweifelt und zerknirscht. So viel verständnislose, abweisende Härte überforderte ihn und zerbrach jede Zuversicht. Er schied freiwillig aus dem Leben."

René formulierte das alles sehr präzis und klar. Seine Emotionen waren im Sprachfluss kaum spürbar, wohl aber in der Mimik, den überquellenden Augen und den gedehnten Pausen.

„Ein weiteres Leben in der dörflichen Umwelt von Langnau war für die Mutter mit ihren zwei Kindern nicht denkbar. Man zog um nach Bern, wo die kleine Familie in der Gerechtigkeitsgasse eine geeignete Wohnung fand.

Es war gewiss eine schwere Zeit. Aber unsere Mutter tat alles für ihre Kinder und war für eine solide Ausbildung besorgt. Sie hielt ihrem verstorbenen Mann unentwegt die Treue und ehrte sein Andenken, indem sie den Kindern niemals seinen Namen und sein familiäres Langnauer Umfeld preisgab.

Infolgedessen weiss ich bis heute nicht, wer mein Vater war!", fuhr René fort. „Ich trage den Namen meiner Mutter! Ich habe im Laufe meines Lebens meinen Langnauer Wurzeln oft nachgeforscht, aber leider vergeblich, ohne Erfolg bis heute. Ich muss das wohl endgültig so akzeptieren."

*

Man spürte, dass sich der betagte Mann schwer tat damit, zumal bekannt war, dass er trotz allem immer wieder neu versuchte, den Spuren nachzugehen und den Nebel zu lichten.

„Aber schauen Sie, das hat mir vielleicht geholfen, das Leben immer so zu nehmen, wie es sich darbot, ohne Groll und Hader. Das allerwichtigste war jedoch stets die Musik! Ich fühlte mich früh zu ihr hingezogen, spielte Klavier und versuchte mich im Komponieren.

Natürlich erinnerten mich alle immer daran, dass das ein brotloses Unterfangen sei. Ein Onkel arbeitete in Zürich als Zahnarzt und war interessiert, mich auszu-bilden und in seine Praxis aufzunehmen. Also begann ich ein Zahnarzt-Studium.

Ich fühlte mich nie dazu berufen und habe die Musik in keinem Moment vergessen! Ein Konzert in der Zür-cher Tonhalle bestärkte mich in meinen Gefühlen. Volkmar Andreae dirigierte, eine faszinierende Per-sönlichkeit! Fortan war ich fest entschlossen, mich ganz der Musik zu widmen.

Volkmar Andreae war musikalischer Leiter des Zür-cher Konservatoriums. Die kaufmännische Leitung oblag Herrn Vogler, der mir beschied, ein Studium würde vier Jahre dauern. Ich entgegnete, das sei un-möglich, mir fehle schlicht das Geld dazu. Volkmar Andreae hatte ein Einsehen. In Anbetracht meiner musikalischen Kenntnisse und früherer kompositori-scher Versuche legte er ein abgekürztes Verfahren fest. Er gab allerdings zu bedenken, dass ich - bildlich ausgedrückt - trotz Begabung und Wissen zwar ein "peintre" (Maler) sei, der etwas Ansprechendes dar-stellen könne, dass mir aber der "dessinateur" (Zeichner) noch abgehe, der das Fundament für ein künstlerisch reifes Gemälde liefere. Mir würden diverse wichtige Grundkenntnisse, wie Kontrapunkt, fehlen. Er schlug verschiedene Zwischenprüfungen in Theorie und Praxis vor, und wenn ich sie bestehe, könne ich jeweils Semester überspringen. So war eine Verkürzung auf drei Jahre absehbar.

Ich bestand in der Folge alle Prüfungen und schloss das Studium nach 2 ½ Jahren erfolgreich ab. Mit Volkmar Andreae blieb ich lebenslang verbunden..., je luis dois tout! - Vogler hingegen verhielt sich nachtragend".

*

René war jetzt richtig in Fahrt. Das rückschauende Erzählen belebte ihn sichtlich. Es machte ihm erkennbar Spass, Schachtelsätze mit drei, fünf und noch mehr Einschüben aufzubauen, die er im weiteren Gesprächsverlauf meisterlich und lückenlos auflöste. Darauf angesprochen, pflegte er mit verhaltenem Stolz zu sagen: ‚Das ist wie der Kontrapunkt in der Komposition...' Er beherrschte die feine Ironie, den zarten Humor.

Er fuhr fort: „Ich war darauf vorbereitet, mit dem Komponieren nie reich zu werden. Volkmar Andreae sagte mir zum Abschied, dass ich damit ein kärgliches Dasein fristen würde. Das bewahrheitete sich leider voll und ganz. Aber ich schaue ohne Reue auf mein Leben zurück.

Ich zog in die Westschweiz, zunächst nach Peseux, später nach Bevaix. Ich heiratete eine begabte Pianistin, deren zahlreiche Klavierschüler ein regelmässiges Einkommen sicherten. Sie machte bald eine kleine Erbschaft, die uns einen Abstecher nach Paris und weitere Studien ermöglichte. Meine Frau nahm Stunden beim legendären Alfred Cortot (1877-1962). Ich schrieb mich an der ‚Ecole Normale de Musique' ein, wo ich Kurse bei Paul Dukas und Nadia Boulanger belegte.

Wir lernten auch die Dame Marie Panthès (1881-1955) kennen, die eine hervorragende Pianistin war, etwa zur Generation Alfred Cortots gehörig. Sie spielte damals in einem Zyklus von 6 Konzerten sämtliche Werke Chopins... eine einmalige Leistung! Das haben wir uns nicht entgehen lassen und bleibt uns auf immer unvergesslich! Als Zugabe wählte sie gerne ‚Campanella' von Liszt.

Etwa 1935 kehrten wir in die Schweiz zurück. Ich schlug mich mit der Leitung verschiedener kleinerer Orchester schlecht und recht durch. Von 1940 bis 1947 war ich Musikprofessor am ‚Collège latin' in Neuenburg. Von 1947-1951 amtete ich als Direktor des Neuenburger Konservatoriums, was wohl nicht ganz meiner Berufung entsprach. Ich war dann froh, wieder frei zu sein für meine Musik und die Literatur.

Aus wirtschaftlicher Notwendigkeit eröffnete ich 1950 eine Bildergalerie und organisierte an verschiedenen Orten Ausstellungen in Kombination mit Versteigerungen, so auch mehrere Male im Bad Attisholz bei Solothurn. Das erlaubte mir eine massgebliche Verbesserung meiner finanziellen Basis.

In diesem Zusammenhang pflegte ich damals auch Kontakte mit der Witwe von Ferdinand Hodler. Der Maler hatte eine uneheliche Tochter aus einer Liebschaft, die seine Frau natürlich missbilligte. Nachdem die Mutter aber infolge gesundheitlicher Probleme das Kind nicht aufziehen konnte, willigte Frau Hodler ein, es bei sich aufzunehmen. Diese Tochter heiratete später einen unzuverlässigen Mann, der viel Geld der Familie Hodler verprasste. So war die Witwe gezwungen, ab 1950 diverse Werke zu verkaufen. Die Ausstellung fand damals im Palais du Peyrou in Neuenburg statt. Die Hodler-Werke waren für heutige Verhältnisse billig angeschrieben, ca. 20'-25'000 Fr., dennoch wurde nur eines verkauft und das erst noch mit einem Preisnachlass. Leider hatte ich nicht die Mittel, die übriggebliebenen Werke selber zu erwerben…!

Trotz wirtschaftlichem Misserfolg als Komponist würde ich wieder die gleiche Laufbahn einschlagen. Es wurmt mich lediglich, dass bisher keines meiner Werke in Frankreich aufgeführt wurde, obwohl man ihren Stil als ‚französisch' bezeichnen kann. Die Franzosen sind halt unverbesserliche Chauvinisten, die nur im Ausnahmefall Schweizer Künstler anerkennen, wie etwa Le Corbusier oder Giacometti."

*

Der alte Mann verstummte. Er brauchte nun etwas Ruhe.

Zwar sicher nur für kurze Zeit, denn trotz seiner 95 Jahre war er aktiv geblieben und verfolgte das Ziel, alle seine Kompositionen auf CD festzuhalten. Verschiedene Klavierwerke waren noch nicht erfasst worden, die jetzt mit den Pianistinnen Catherine Aubert und Beatrice Schild aufgenommen wurden, unter der aufmerksamen und kritischen Aufsicht des Komponisten.

Ausserdem organisierte er die Uraufführung seiner Oper ‚Romeo und Julia' nach Shakespeare im Rüttihubelbad nahe Bern. Des weitern gelang es ihm nach jahrzehntelanger Arbeit, sein anspruchsvolles Buch ‚Les exigences de l'art' abzuschliessen und zu verlegen.

Das kompositorische Werk ist umfangreich: Klavier solo (2- und 4-händig), für 2 Klaviere, für Klavier und Orchester, Flöte, Violine, Harfe, Chor. Er fand auch Zeit für die Malerei: in seinen Oelgemälden bevorzugt er geometrische Formen und kontrastreiche Farben, was etwas kühl und streng wirkt.

Der alte Mann zeigte sich keineswegs verbittert, vielleicht etwas resigniert. Aber er konnte Freude äussern und engagiert in weitgespannte Gesprächsthemen eintauchen.

Seine Lebenslinien verliefen seit dem Hinschied der Ehefrau sehr ruhig, allzu ruhig, dachte man als Besucher. Er wirkte fast etwas verloren in dem recht grossen, etwas verwahrlosten Haus, das ihn wie ein zu weiter Mantel umgab. Der schöne Pleyel-Flügel blieb verriegelt und stumm, an den Wänden hingen Restbestände der Gemäldegalerie, überall stapelte sich haufenweise Unerledigtes und Angesammeltes.

Die grosse Einsamkeit, mit der Begebenheit in Langnau menetekelhaft vorgezeichnet, war voll und ganz eingekehrt.

*

Hintergrund der Geschichte ist das Leben des Schweizer Musikers René Gerber (29. 06. 1908 - 21. 11. 2006)